서민적 글쓰기

열등감에서 자신감으로, 삶을 바꾼 쓰기의 힘!

기 생 충 박 사 서 민 지 음

생각
정원

PART

1 나는 쓰면서 성장한다

PART

2 어떻게 쓸 것인가

말없는 아이, 글쓰기의 꿈을 펼치다

그날이라고 특별할 것은 없었다. 눈이 작은 아이는 전날도 그 전전날도 그랬던 것처럼, 한마디도 하지 않은 채 집으로 돌아왔다. 너무 말이 없으니 같은 반 아이들은 내가 말을 못하는 아이인 줄 오해하기도 했다. 하고 싶은 말이 없는 것은 아니었지만 막상 말을 하려면 울렁증이 생겨서 입 밖으로 잘 나오지 않았다. 왜 그렇게 말하는 게 어려웠는지 정확한 원인은 알지 못했다. 내성적인 성격 탓일 수도 있고, 무서운 아버지 밑에서 주눅이 들었던 것도 한 가지 이유였을 것이다. 그 시절 내게 생겼던 말더듬증과 틱 장애는 그때 내가 얼마나 과도한 스트레스에 내몰려 있었는지를 잘 보여준다.

안타깝게도 세상은 말없는 사람에게 관대하지 않았다. 공부를 잘했던지, 운동이라도 잘했다면 상황이 달라졌겠지만, 나는 그 어느 쪽도 잘

하지 못했다. 결정적으로 못생기기까지 했으니, 나와 같이 놀고 싶어 하는 아이는 단 한 명도 없었다. 회상해보면 어린 시절 나는 늘 외로웠다. 쉬는 시간이 돼도 친구들과 어울리지 못했고, 고작 남들이 삼삼오오 모여서 얘기하는 것을 물끄러미 바라만 봤다. 점심시간이나 방과후에는 운동장에서 공을 차는 아이들을 멀찍이 지켜보곤 했다.

기억나는 순간이 있다. 방과 후 운동장에 우두커니 앉아 있는데, 같은 반 아이들이 모여서 '찜뽕(고무공을 이용한 야구 비슷한 게임)'을 했다. 근데 숫자를 세어보니 일곱 명밖에 안 됐다. 둘씩 가위바위보를 해서 이긴 사람끼리 한 편, 진 사람끼리 한 편을 먹으려던 아이들은 짝이 안 맞는 걸 알자 주위를 두리번거렸다. 순간 가슴이 얼마나 뛰었는지 모른다. 같이 어울려서 게임을 할 수 있을지도 모른다고 생각했다. 그때 한 아이가 저 멀리 있는 우리 반 아이를 발견했다. "야, ○○○! 너 혹시 찜뽕 할래?" 하니 고개를 끄덕이며 그 아이가 다가왔고, 이제 여덟 명이 된 아이들은 즐겁게 찜뽕을 했다.

매사 자신감이 없고 주변 아이들에게 따돌림을 받는 상황이라 할지라도 담임선생님이 꿈과 용기를 불어넣어 주셨다면 초등학교 시절이 아련한 추억으로 남았겠지만, 당시 선생님들은 개개인의 아픔을 달래주기엔 너무나 바쁘셨다. 한 반 인원수가 예순 명이나 됐고, 내가 다니던 초등학교가 사립이었으니, 특별히 신경을 써야 할 재력가 아이들도 한둘이 아니었다. 그런 와중에 별반 특징이 없는 나를 챙겨야 할 이유가 대체 뭐란 말인가. 말썽을 피우는 아이는 아니었지만, 나를 향한 담임선생님들의 냉랭한 시선은 지금 생각하면 충분히 이해되는 일이었다. 그런 점을 인정한다 해도 좀 억울했던 사건이 있다.

　선생님 한분은 열심히 필기하는 나를 물끄러미 바라보다가 갑자기 노트를 빼앗아 찢기 시작했다. 이따위로 글씨를 쓸 거면 안 쓰는 게 낫다면서 말이다. 예나 지금이나 내 글씨는 외모를 닮았는지 한심하기 그지없었는데, 그렇다고 다른 아이들이 보는 앞에서 노트를 찢으면 나는 어떡하란 말인가. 그날 느낀 모멸감은 30여 년이 지난 지금도 뇌리에 박혀 있다. 또 다른 기억 하나. 유난히 나를 미워했던 선생님 한분은 내 발표가 끝나자, 한심하다는 표정을 지으면서 "넌 목소리가 왜 그렇게 이상하냐?"고 했다. 안 그래도 주눅 들어 있던 나는 더더욱 말수가 줄어들었다.

　《미생》을 그린 윤태호 작가는 '어린선'이라는, 피부가 닭살처럼 되는 유전질환을 앓았다고 한다. 피부 때문에 공중목욕탕에서 쫓겨난 적도 있다고 하니 심해도 너무 심했나 보다. 당시 유행하던 TV 시리즈를 따서 '브이'라는 별명이 붙기도 했단다(1970년대 방영된 TV 외화. 파충류의 모습을 한 외계인이 지구를 침략하는 내용으로, 그들이 쓴 인간 마스크를 떼어내면 도마뱀 비슷한 얼굴이 드러난다). 윤작가는 그런 피부를 가리려고 "목까지 올라오는 티셔츠만 입었고, 지금도 목을 움츠리며 걷습니다."라고 고백한 걸 본 적이 있다.

　그런 약점에도 윤작가는 삶의 동력을 그림에서 찾았던 것 같다. 자신감도 존재감도 없는 데다 키도 작았던 윤작가는 다행히 '그림에 있어서만큼은 굉장한 자부심을 느낄' 정도로 잘 그렸다고 한다.

말없는 아이, 글쓰기의 꿈을 펼치다

인생을 잿빛이라고 생각하며 살았던 내게도 살아갈 동력이 필요했지만, 유감스럽게도 난 특별히 잘하는 게 없었다. 일단 공부는 찢어지게 못했고, 체육은 완전히 젬병이었다. 5학년 때 담임선생님이 했던 말. "우리 반 남자 중에 100미터 달리기에서 20초 넘는 사람이 세 명 있다. 이 사람들은 무조건 '가(수우미양가 중 가)'다." 그 세 명 가운데 내가 끼어 있다는 게 한심했던 것이, 나머지 두 명은 당시로선 보기 드물게 살이 찐 우량아였기 때문이다.

그림에 약간 소질을 보이기도 했지만 그렇다고 상을 탈 정도는 아니었다. 하루는 유난히 날 미워했던 그 선생님이 나름대로 정성껏 그린 내 그림을 아이들 앞에서 들어 보이며 "이건 성의가 하나도 없이 그린 그림입니다!"라고 하는 바람에 날 죽고 싶게 만들었다(나보다 못 그린 그림이 수두룩했는데 왜 굳이 내 것만 그러셨는지 모르겠다).

노래실력은 어땠을까? 내가 어쩌다 노래를 부를 때면 아내는 이런 말을 한다. "여보는 음의 높낮이가 전혀 없어. 도대체 무슨 노래인지 모르겠어." 실제로 노래방에서 내가 노래를 부를 때면 분위기가 싸해지기도 했다. 그래서 난 음악시험 도중, 첫 소절도 다 듣지 않고 "그만! 넌 양이야!"라고 했던 선생님을 원망하지 않는다.

결국 나는 초등학교 시절 이렇다 할 삶의 동력을 찾지 못했다. 6년 내내 즐겁게 웃거나 어떤 일에 보람을 느꼈던 기억이 거의 없었으니까. 그나마 쥐어짜보면 구체적으로 표출되진 않았지만, 그래도 내면에선 글쓰기에 대한 욕망이 꿈틀거렸다는 사실이다. 그럴 수밖에 없는 것이, 사람은 사회적인 동물이라 어떤 형태로든 의사소통을 해야 하는

데 말로 하는 게 어려웠던 나는 소통방법으로 글을 선택할 수밖에 없었던 것이다. 실제로 나는 짝한테 할 말이 있을 때마다 노트에다 쓰곤 했다.

"미안한데 지우개 좀 빌려줄래?"

이런 게 반복돼 쪽지의 글은 다음과 같이 발전했다.

"안녕? 벌써 날이 추워지는구나. 그래서 말인데 지우개 좀 빌려줄래?"

그렇다고 해서 내가 글을 잘 쓴 건 아니었다. 그림에서 삶의 동력을 찾은 윤태호 작가가 그림대회에서 받은 '상장들로 집 벽을 도배할 정도'가 됐던 반면, 난 교내 백일장에서조차 단 한 번도 입상해본 적이 없으니까. 쪽지를 통해 얻은 글솜씨는 그저 기교에 불과했을 뿐, 글을 잘 쓰는 것과는 거리가 멀었다. 그런데도 지금 어느 정도 글을 쓰게 된 비결은(책에서 자세히 설명하겠지만), 10년간 이어진 글쓰기 지옥훈련 덕분이다.

틈나는 대로 책을 읽고, 노트와 볼펜을 가지고 다니며 글감이 떠오를 때마다 적는 게 지옥훈련의 실체였는데, 모든 일이 다 그렇듯 쓰면 쓸수록 글이 나아지는 게 피부로 느껴졌다. 10년이 너무 길어 보일 수 있겠지만, 지레 겁먹지 말자. 난 서른이 될 때까지 거의 책을 읽지 않았고, 그 때문에 남들보다 출발점이 훨씬 아래 있었다(정 믿지 못하겠다면 내가 서른 살에 쓴 《소설 마태우스》를 읽어보시라). 그러니 자라면서 매년 열 권 정도 책을 읽은 사람이라면, 5년 정도의 지옥훈련으로도 충분하리라 본다.

중요한 것은 우리에게 글을 잘 쓸 의지가 얼마나 있느냐는 것이다.

말없는 아이, 글쓰기의 꿈을 펼치다

언젠가 제자 한 명이 내게 찾아와 이렇게 말했다. "저도 글을 잘 쓰고 싶어요." 그의 눈은 정말 글을 잘 쓰고픈 의지로 반짝였다. 그에게 이렇게 조언했다.

"글은 매일 조금씩 써야 하거든요. 그러니 블로그를 만들고 매일 한 편씩, 주 5회 글을 올리세요. 제가 매일 한 번씩 들러 봐드릴게요."

처음 사흘간, 그는 하루 한 편씩 글을 썼다. 바쁜 와중에 난 매일 들러서 그가 올린 글에 대해 "이렇게 바꾸면 좋습니다."라며 첨삭지도를 했다. 4일째 되는 날, 글이 올라오지 않았다. 그가 글을 올리지 않는 날은 점점 늘어났고, 나중에는 일주일 내내 글이 올라오지 않았다. 그에게 전화해서 물었다. "왜 글이 올라오지 않나요?" 그는 낮은 소리로 말했다. "사실… 여자친구가 생겼어요."

사람들 대부분이 이렇게 글쓰기의 꿈을 접는다. 한 달 정도는 의욕적으로 글을 써도, 몇 년씩 그 열정을 지속하기는 어렵다. 왜일까? 글쓰기가 유일한 구원의 길이었던 나와 달리, 그들에게는 글을 잘 써야 한다는 절실함이 없을 수도 있다. 하지만 이건 알아야 한다. 여자친구는 사귀다 헤어지면 끝이지만, 글쓰기 실력은 한번 갖춰 놓으면 평생 도움을 준다는 사실을.

살다 보면 정말 다양하게 글쓰기 실력이 필요하다는 것을 절감할 때가 있다. 이 책을 통해 많은 사람들이 글쓰기를 목표로 삼고 꾸준히 훈련하기를 바란다.

PART

1

나는 쓰면서 성장한다

O

나에게 왜 쓰냐고 묻는다면
주저없이 말할 수 있다. "너무 못 생겨서!"라고.

O

글쓰기는,

논문을 써야 하는 학생에게는 미래이고,
내일 아침 기획서를 제출해야 하는 김과장에겐 밥벌이다.
피 끓는 청춘에게는 연애의 방법이며,
누군가에겐 지친 삶을 위로하는 마음의 위안이다.
그리고 어떤 이에게는 타인을 향한 연민이자
보다 나은 사회에 대한 희망이다.

그들은 왜 펜을 들었을까?

《동물농장》의 저자인 영국 작가 조지 오웰은 《나는 왜 쓰는가》에서 사람들이 글을 쓰는 네 가지 동기에 대해 이야기했다. 첫째는 순전한 이기심이고, 둘째는 미학적 열정이며, 셋째는 역사적 충동이고, 넷째는 정치성을 꼽았다. 풀어서 이야기하자면, 자신을 돋보이게 하는 것, 내가 본 것의 아름다움을 표현하는 것, 진실을 파헤쳐 후세에게 알리기 위해 기록하는 것, 그리고 타인과 공감하면서 세상에 영향을 미치기 위해 사람들은 글을 쓴다는 것이다.

'나는 왜 글을 쓰는가?' 조금은 거창해 보이지만, 글을 제대로 쓰기 위해서는 누구나 한번쯤 가져봐야 할 질문이다. 조지 오웰의 네 가지 동기가 나의 사례에 딱히 들어맞는 것은 아니지만 굳이 이 프레임으로 이야기하자면, 네 번째 이유인 '정치성'에 가깝다. 정치성은 더 살기 좋은 세상을 만들기 위해 타인의 생각에 영향을 주는 적극적인 성격을

나는 쓰면서 성장한다

담고 있다. 이를 위해서는 나의 생각을 타인과 공유하면서 서로 영향을 주고받는 쌍방향적 소통이 전제된다. 나의 생각을 강요하는 것이 아니라 우리에게 필요한 세상의 가치들을 이야기하면서 자신의 삶을 한 차원 높은 곳으로 고양시키는 것이다.

내가 아는 지인 세 분도 이와 유사한 경우다. 이분들이 펜을 든 사연은 다양하지만, 글쓰기의 매력에 푹 빠진 채 자신의 삶을 한층 깊고 아름답게 만들고 있는 분들이다.

○

PD에서 작가가 된 여자

'세상을 바꾸는 시간 15분(세바시)'이란 강연 프로그램에서 정혜윤 피디는 다음과 같은 말을 했다.

"책을 읽고 나서 나와야 할 진짜 좋은 질문은 '이 책을 읽었으니까 다음엔 어떻게 살지?'라는 거예요. 이런 질문을 자기 자신한테 던질 때 책이 나를 만드는 조언이 될 수 있어요."

'삶을 바꾸는 책읽기', 세바시 106회

원래 그녀는 CBS 방송국의 라디오 피디였다. 피디라는 직업은 젊은 사람들에게 선망의 대상이 될 수 있고, 정혜윤은 그 중에서도 능력 있는 피디였다. 그녀가 만드는 프로그램은 재미와 의미를 모두 잡았기에 잔잔한 화제가 됐다. 하지만 TV도 아닌 라디오, 그것도 메이저라고 할수는 없는 CBS였기에 정혜윤의 이름이 대중적으로 알려진 건 아니었다. 그랬던 그녀가 사람들의 눈앞에 나타난 것은 '한 독서광의 책 이야기'로 요약될 《침대와 책》을 쓰면서부터였다. 그 다음으로 쓴 몇 권의 책으로 독자층을 확보한 정혜윤은 본격적으로 자신이 하고 싶던 일을 한다. 그녀는 무슨 일이 하고 싶었을까?

원래 라디오 피디는 사람을 만나는 직업이다. 수많은 사람들을 만나서 그들의 이야기를 전파에 실어 세상으로 내보낸다. 하지만 이 이야기들은 찰나의 생명력밖에 가질 수 없다. 아무리 곱씹고 싶은 이야기가 있어도 그 순간이 지나가면 다시는 들을 수 없다. 다시듣기라는 게 있긴 하지만, 돈을 내가면서 지나간 라디오방송을 듣는 사람이 과연 얼마나 되겠는가? 아마도 정혜윤은 그게 아쉬웠던 모양이다. 그녀가 사람들과 나눈 이야기들을 책으로 담아내기 시작한 걸 보면 말이다. 일종의 인터뷰라고도 할 수 있지만, 이건 우리가 아는 일반적인 인터뷰는 아니었다. 보통 인터뷰는 이렇게 구성된다.

정혜윤   식사는 뭘 좋아하죠?

서민   저야 뭐 삼겹살이죠. 기름 많은 부위로.

정혜윤   콜레스테롤 걱정 안 돼요?

서민   제가 괜히 배가 나왔겠어요. 다 식탐을 억제 못하는 업보죠.

그런데 정혜윤은 사람들이 한 말을 자신의 언어로 다시 구성하고, 그 사람의 육성을 결정적인 순간에 배치한다. 이렇게 말이다.

그는 삼겹살을 좋아한다고 했다. 그것도 남들이 먹기를 꺼리는, 기름 많은 부위를. 말하는 와중에도 그는 삼겹살을 참기름에 듬뿍 찍어 입에 넣었다. 한참을 먹고 난 뒤 그가 슬픈 표정으로 말한다.

"제가 이래서 배가 나온 거예요. 식탐을 억제 못한 업보죠."

위나 아래나 내용은 비슷하지만, 독자에게 주는 감동은 차원이 다르다. 정혜윤은 어떻게 하면 독자에게 화자의 이야기를 더 잘 전달할지 궁리하고, 능란한 글솜씨로 그 작업을 해낸다. 나이 일흔이 넘어 글을 배워 시를 쓴 할머니의 얘기처럼, 그녀에게 이야기를 들려주는 분들은 대개 유명하지 않은 분들이지만, 그분들의 말은 정혜윤의 마법을 통해 우리의 가슴을 때린다. 게다가 라디오처럼 찰나에만 머무르는 게 아니라 활자를 통해 영원한 생명력을 얻게 됐으니, 얼마나 멋진가! 책이 라디오보다 우위에 있다는 건 아니지만, 정혜윤은 라디오에서 느끼는 아쉬움을 책을 통해서 만회한다.

그녀가 새삼 대단하다고 느낀 건 쌍용차 해고자들의 이야기를 담은 《그의 슬픔과 기쁨》을 읽고 난 뒤였다. 스무 명이 넘는 자살자를 낳은 그 참극은 여전히 진행형이지만, 우리 사회는 철저한 외면으로 그 사태를 마무리하려는 중이다.

정혜윤이 이들의 목소리를 라디오에 담으려 했다면, 어쩌면 회사 측과 갈등을 빚어야 했을 수도 있다. 게다가 해고자들의 정제되지 않은 이야기가 청취자에게 제대로 전달됐을지도 의문이다. 그런데 정혜윤은 이들을 만나 이야기를 듣고, 그걸 책으로 썼다. 안 그래도 안타까운 얘기인데 정혜윤의 마법까지 가세하니, 읽으면서 수도 없이 가슴이 먹먹해진다.

"나가라고 하면 그냥 나가야 하고, 자르려고 하면 그냥 잘려야 한다면 열 받지 않겠어요?"

《그의 슬픔과 기쁨》, 64쪽

수많은 책을 읽은, 둘째가라면 서러운 독서광 정혜윤은 잘나가는 라디오 피디로 계속 살아갈 수 있었고, 그것 역시 의미가 있었을 것이다. 하지만 그녀는 자신이 말한 것처럼 책을 읽고 앞으로 어떻게 살지를 고민했고, 그 고민의 결과를 우리에게 보여주고 있는 중이다.

공감에 밑줄 긋는 그녀

성수선이란 분이 있다. 대기업 과장으로 일하는 틈틈이 자기 블로그에 이런저런 글을 올렸다. 그런 그녀를 한 출판사가 주목했다. 여성으로서 전 세계를 누비며 영업하는 게 당차 보였기 때문이다. 출판사의 제안으로 그녀는 자신의 영업 노하우를 담은 《나는 오늘도 유럽 출장 간다》를 펴낸다. 나만의 생각일지 모르지만 그녀는 책에서까지 일 얘기를 하고 싶진 않았던 것 같다. 평상시 그녀가 쓰는 글들은 자신이 읽은 책이나 영화, 그밖에 일상에서 겪은 소소한 이야기들이 주를 이뤘으니 말이다.

나는 쓰면서 성장한다

그로부터 1년이 채 안 되어 성수선 씨는 독서에세이 《밑줄 긋는 여자》를 출간한다. 책에서 읽은 인상 깊은 구절들을 자신의 경험과 절묘하게 결부시킨 이 책이야말로 성수선식 글쓰기의 특징을 잘 드러내줬는데, 책이 나온 지 석 달도 안 돼 저자한테 문자가 왔다. "저 6쇄 들어가요." 대부분 책들이 2쇄를 찍지 못하고 사라져가는데 6쇄라니(처음 책을 만들 때 2~3천 부를 먼저 찍고, 팔리는 걸 봐서 2쇄, 3쇄를 찍는다). 그 문자를 받고 그녀가 얼마나 부러웠는지 모른다.

"친한 회사선배가 조근조근 들려주는 소중한 충고나 질책 같다."

"직장선배의 일기를 보듯 재미있게 읽었다."

많은 독자들이 그 책을 읽고 감명을 받은 모양이다. 하지만 그 책이 더 가슴에 와 닿았던 이유는 저자가 자신들과 같은 직장인이었기 때문이 아니었을까? 대기업에 다니고 있다는 사실로 미루어 볼 때, 성수선 씨가 책을 쓴 건 돈벌이를 위한 것은 아니었으리라. 자신이 느끼는 감정들을 타인과 공유하고픈 마음이 그녀에게 펜을 들게 한 것은 아닐까?

이유가 무엇이든 그 책을 씀으로써 평범한 직장여성 성수선의 삶은 완전히 달라졌다. 직장을 다니는 틈틈이 여기저기 외부강의를 나가고, 청와대 세대공감팀에서 주최하는 토론회에 직장여성 멘토로 초청을 받기도 한다. 평소에도 멋지게 살던 분이지만, 여러 사람의 롤모델이 되고 있는 현재의 삶은 예전보다 더 멋져 보인다. 자신의 삶을 한층 더 끌어올릴 수 있는 수단, 글쓰기의 매력은 바로 여기에 있다고 생각한다.

다락방의 서재

이유경 씨는 30대 직장인으로, 인터넷 서점 알라딘에서 '다락방'이라는 블로그를 운영하고 있다. 그녀는 거의 하루도 빼놓지 않고 글을 쓴다. 책을 읽고 난 소감이 주를 이루는데, 대부분의 감상문과 달리 이유경의 글은 좀 엉뚱하다. 《내일을 위한 약속》(산드라 브라운 저)을 읽고 쓴 감상문을 보자. 그 책에는 남자와 여자가 손을 잡는 장면에 이런 구절이 나온다. "그는 털이 부숭부숭한 자기 손과 섬세하게 매끄러운 그녀의 손을 비교해보았다."

이유경은 이 대목을 쓴 뒤 갑자기 격한 샤우팅을 해버린다.

"털이 부숭부숭… 털이 부숭부숭… 아 싫어… 아이쿠야, 털이 부숭부숭이라니… 털이 부숭부숭하지 마세요."

《내일을 위한 약속》, 118쪽

《추락》(존 맥스웰 쿠체 저)의 서평에는 이런 게 나온다.

"아니 근데 이 책 띠지에 '김혜수가 읽고 있는 책'이란 건 대체 무슨 의미지? 그래서 뭐 어쩌라고?"

이유경의 글을 읽으면서 난 감상문이 꼭 책의 핵심을 건드릴 필요는 없다는 것을 느꼈다. 줄거리와 아무런 상관이 없는 대목이라 할지라도 자기의 경험과 느낌을 담아 넣으면 그게 바로 멋진 감상문이 된다는 사실을 깨달았다. 사람을 따뜻하게 해주는 글솜씨에 이런 엉뚱함이라니…. 그녀에게 팬이 많은 것은 당연한 일이다.

이유경은 소위 말하는 파워 블로거로, 하루 천 명 가까운 사람이 그녀의 블로그를 찾는다. 파워 블로거의 삶은 생각보다 피곤하다. 남들의 시선을 의식해 아무리 바빠도 하루 한 편 정도는 써줘야 하고, 수십 개씩 달리는 댓글에 일일이 답을 해줘야 한다. 하지만 이유경은 벌써 10년 가까이 파워 블로거로서 삶을 영위하고 있다.

평소 문화적으로 충만한 삶을 사는 그녀이니, 굳이 글로 소통하지 않더라도 그녀의 삶은 충분히 아름다울 것 같다. 하지만 글을 통해 자신의 삶을 다른 사람과 교감함으로써 자신의 삶을 한 차원 높은 곳으로 승화시켰다. 그런 그녀의 행보에 출판사가 관심을 가졌고, 《독서공감, 사람을 읽다》를 내면서 저자로 거듭 태어났다. 그 책은 얼마 전 2쇄를 찍었고, 그녀는 지금 두 번째 책을 준비 중이다.

○

글쓰기가 삶을 바꾼다

지인 세 분의 사례에는 하나의 공통점이 있다. 직업도 성장과정도 다 다르지만, 그들에게 글쓰기는 삶의 일부가 되었다는 것이다. 한 단어 한 문장 꾹꾹 눌러쓰면서 그들은 글쓰기를 통해 세상과 소통하고, 위로받고, 성장하고 있다.

고백하자면, 어린 시절 나는 인정 욕구가 강한 아이였다. 친구들 앞에서 말을 더듬고 있는 나, 고개 숙인 채 걷고 있는 나를 발견할수록 모든 게 원망스러웠다. 이런 나에게 열등감을 이겨내고 타인의 따뜻한 관심을 받을 수 있는 방편이, 글쓰기였다. 그러나 아쉽게도 나는 이분들처럼 글을 잘 쓰지 못했다. 글쓰기의 필요성을 절실히 느꼈지만 서른이 넘어서야 비로소 실천으로 옮긴 지각생이다.

늦게 배운 도둑질이 무섭다고 서른 이후부터 10년 넘게 하루 두 편씩 블로그에 글을 올렸다. 책도 남부럽지 않게 많이 읽었다. 그리고 소중한 결실을 하나 맺었다. 2009년부터 쓰기 시작한 경향신문 칼럼이 다행히도 대중에게 호평을 받은 것이다. 그 인정의 기억을 잊을 수 없다. 가랑비에 옷 젖듯이, 글쓰기는 아주 조금씩 좋아졌다. 더불어 어린 시절 그늘진 생각들은 글쓰기의 좋은 소재로 바뀌어갔다. 글쓰기가 삶을 바꿀 수도 있다.

나는 쓰면서 성장한다

⭕
스마트한 시대에도 글의 힘은 세다
⭕

'열 살 아이가 초등학교 선생님한테 회초리로 손바닥을 맞았다.'

이런 기사가 보도되면 사람들은 '아, 애가 잘못해서 맞았구나!'라고 생각할 것이다. 선생을 욕하는 사람도 있겠지만, 원래 애는 맞으면서 크는 거라며 대부분 관대하게 넘어간다. 하지만 그 장면이 휴대폰으로 촬영돼 인터넷에 올라가는 순간, 얘기는 달라진다.

"아니 어떻게 애를 저렇게 무지막지하게 때릴 수가 있지?"

"저런 폭력교사 같으니. 당장 잘라야 해."

기사로 표현됐을 때와는 사뭇 다르게 사람들은 분개하고, 때린 선생을 욕한다. 우리 사회에서 종종 벌어지는 이 현상은 영상의 힘이 얼마나 강력한지를 보여준다. 문명이 발전하면서 시각적인 이미지나 눈앞에 보여지는 영상의 파급력은 대단하다. 그렇다면 점점 영상의 파워가

세지는 시대에 글은 아무런 의미가 없는 것일까. 그렇진 않다. 폭력 장면이라든지, 절세의 미녀 등을 표현할 때는 사진이나 영상만한 게 없겠지만, 세상은 단순히 그런 사건사고만으로 구성된 것이 아니다. 글이 세상에 파문을 던진 경우를 한번 살펴보자.

에밀 졸라

1894년, 프랑스 군이 발칵 뒤집힌다. 간첩이 쓴 문건이 발견된 것. 문건에서 간첩은 자신의 암호명을 'D'라고 표기했다. 명색이 간첩인데 설마 진짜 이니셜을 썼겠냐만, 프랑스 군은 포병 대위였던 드레퓌스[L'affaire Dreyfus]를 범인으로 지목한다. 꼭 이니셜 때문만은 아니었다. 당시 유럽을 지배하던 반유대주의 광풍도 유대인인 드레퓌스가 간첩으로 몰린 이유였다. 결국 그는 반역죄로 유죄판결을 받고 외딴 섬에서 유배생활을 한다.

더 어이없는 일은 그 후 벌어진다. 프랑스 중령이 또 다른 간첩사건을 조사하는 과정에서 드레퓌스가 무죄이며 진짜 범인은 에스테라지 중령이라는 것을 알게 됐지만, 자신의 실수를 인정하기 싫었던 프랑스 군은 계속 드레퓌스를 범인으로 몰아간다.

그냥 그렇게 끝날 뻔했던 이 사건에 반전이 생긴 건, 프랑스 작가 에밀 졸라[Émile Zola]가 신문에 쓴 글 한 편 때문이었다. '나는 고발한다'라는 제목의 이 글은 드레퓌스 사건이 부당하게 처리됐음을 대통령에게 알리는 내용이다. 글 한 편이 세상을 바꾼 대표적인 사례로 꼽히는 이 글을 자세히 분석해보자.

협박

뭔가를 요구할 때 어느 정도 협박이 필요하다. 그렇다고 대놓고 "너를 가만두지 않겠다."라고 협박하는 건 현실성이 떨어진다. 경찰과 군대 같은 물리적 수단을 장악한 대통령이 그런 말에 꿈쩍이나 하겠는가. 좀 뜬금없지만 태종의 예를 들어보자. 태종은 사냥 중 말에서 떨어지자 "사관이 알게 하지 말라."고 지시했다고 한다. 안타깝게도 《태종실록》에는 태종이 그런 지시를 내렸다는 말까지 상세히 기록되어 있는데, 모든 것을 다 가진 한 나라의 통치자가 그런 말을 한 것은, 아마도 자신이 역사에 부끄럽게 남겨지는 것을 두려워했기 때문일 것이다. 그 두려움을 간파한 졸라는 드레퓌스 사건으로 프랑스의 정의가 땅에 떨어졌다고 개탄하며 다음과 같이 말한다.

"역사는 이 같은 사회적 죄악이 저질러진 것이 귀하의 통치 기간 중이었음을 기록할 것입니다."

회유

졸라가 요구하는 것은 어찌됐든 드레퓌스가 재심을 받는 것이었다. 상대의 마음을 바꾸게 하려면 무작정 협박하거나 호통만 쳐서는 안 된다. 그래서 회유가 필요하다. 이럴 때 이런 말이 흔히 쓰인다. "너 원래 그런 사람 아니잖아?", "이건 너답지 않아." 졸라는 대통령을 이렇게 회유한다.

"저는 각하가 이 죄악을 모르고 있음을 확신합니다. 하지만 그렇다 해도 각하 이외에 그 누가 이 진범의 악의적인 죄상을 파헤칠 수 있겠습니까?"

호통   뭔가를 얻어내려는 글은 마냥 부드럽기만 해서도 안 된다. 내지를 때 내지르는 것이야말로 좋은 글이 가져야 할 필수요건이다. 그 호통이 특정인을 향할 때, 그들의 간담은 서늘해진다. 아가사 크리스티가 쓴《그리고 아무도 없었다》에서는 한 명 한 명 거론하며 그들의 죄상을 언급한다. "변호사, 너는 성의 없는 판결로 한 명을 죽음으로 몰았다. 의사, 너는 오진으로 더 살 수 있던 환자를 죽였다.… 훈남, 넌 여자를 이용하다 버림으로써 그녀를 죽게 만들었다."와 마찬가지로, 드레퓌스 사건에서 졸라는 정의가 유린된 대목을 자세하게 지적한 뒤 다음과 같이 호통친다.

"나는 뒤파티 중령을 고발합니다. …자신의 사악한 행위를 계속해서 은폐했음을 고발합니다.

나는 메르시에 장군을 고발합니다. …사상 최대의 죄악에 그가 공모자로 끼어들었음을 고발합니다.

나는 비오 장군을 고발합니다. …파렴치한 죄와 정의 모독죄를 자진해서 저질렀음을 고발합니다.

나는… 3인의 필적 전문가를 고발합니다.… 거짓이며 가짜 보고서를 작성한 책임을 면할 수 없을 것입니다.

나는 국방부를 고발합니다. 여론을 오도하고…

나는 마지막으로 첫 번째 군사법정을 고발합니다. …"

다시 말하지만 '나는 고발한다'는 신문에 실린 글이고, 신문에서 아무리 고발한다고 외쳐봤자 법적 구속력은 전혀 없다. 만일 졸라의 글쓰기 방식 대신 '뒤파티 중령은 사악한 행위를 계속 은폐했습니다. 메르시에 장군은 공모했습니다.' 하는 평범한 방식이었다면 글의 위력은 반감됐을 것이다.

마무리   좋은 글은 멋진 마무리로 완성된다. 드레퓌스 사건의 재심을 요구한 이 글은 어떻게 맺는 게 가장 효과적일까? 보통 사람이라면 "대통령님, 제가 지금까지 말씀드린 점을 헤아려서 꼭 진실을 규명해주십시오."라고 쓰는 게 고작일 것이다. 하지만 프랑스의 문호 졸라는 달랐다. 그는 마지막까지 폼을 잡는다.

"그처럼 많은 것을 지탱해왔고 행복에의 권리를 소유하고 있는 인류의 이름에 대한 지극한 정열만이 내가 가지고 있는 전부입니다. 나의 불타는 항의는 내 영혼의 외침일 뿐입니다. 이 외침으로 인해 내가 법정으로 끌려간다 해도 나는 그것을 감수하겠습니다. 다만 청천 백일하에서 나를 심문하도록 하십시오! 기다리고 있겠습니다."

'인류의 이름에 대한 지극한 정열', '영혼의 외침' 같은 표현은 속된 말로 오글거리지만, 글 앞부분이 워낙 힘이 있으니 전혀 어색하지 않다. 이 글을 쓴 이후 졸라는 반유대 정서에 찌든 세력들 때문에 도망치는 신세가 되기도 했지만, 드레퓌스는 재심에서 무죄판결을 받고 복직할 수 있었다. 그리고 에밀 졸라는 이 글로 지식인의 상징적인 존재가 됐다.

에밀 졸라의 글이 인터넷은 물론이고 TV도 없던 시절이라 위력을 가졌다고 주장할 수도 있다. 그렇다면, 21세기에 일어난 다음 사건을 보자.

O

효순이와 미선이 사건

2002년 6월, 경기도 양주시 한 도로에서 주한미군이 운전하던 장갑차에 여중생 두 명이 깔려 죽는 사건이 발생한다. 한국대표팀이 4강 신화를 썼던 한일월드컵이 열렸던 시기와 맞물려 그 사건에 관심을 갖는 사람은 드물었다.

유족들에게는 죄송하지만 이 사건은 냉정하게 판단할 때 교통사고라 할 수 있다. 2014년 일어난 세월호 사건을 단순사고로 봐서는 안되는 이유가 사고 이후 구조과정에서 벌어진 어처구니없는 상황대처로 희생자가 기하급수적으로 커졌던 반면, 이 사건은 미군에 의해 저질러졌고 희생자가 꽃다운 여중생이었다는 점을 제외하면 다른 교통사고와 다를 바가 없었다.

운전병은 여중생들이 걸어가는 것을 보지 못했고, 관측병은 여중생이 걸어가는 광경을 봤지만 무전기가 고장 난 탓에 그 사실을 운전병에게 전하지 못했다.

나는 쓰면서 성장한다

미군은 사건 당일 곧바로 미8군 사령관이 직접 유감을 표명하며 사과했으며, 참모장을 보내 문상과 조의금을 전달했다. 한 명당 2억 원씩 보상금도 지급했다. 물론 그 돈이 자식을 잃은 부모 마음에 얼마나 위로가 됐겠느냐만, 이 정도면 진정성은 인정할 만했다. 이 사건이 갑자기 파장을 일으킨 시기는 아이러니하게도 5개월이 지난 2002년 11월이었다. 계기는 '앙마'라는 네티즌이 올린 글이었다.

"…광화문을 우리의 영혼으로 채웁시다.
광화문에서 미선이 효순이와 함께 수천수만의 반딧불이 됩시다.
토요일, 일요일 6시. 우리 편안한 휴식을 반납합시다.
검은 옷을 입고 촛불을 준비해주십시오.
집에서 나오면서부터 촛불을 켜주십시오.
누가 묻거든, 억울하게 죽은 우리 누이를 위로하러 간다고 말씀해주십시오.
촛불을 들고 광화문을 걸읍시다. 6월의 그 기쁨 속에서 잊혀졌던
미선이, 효순이를 추모합시다. 경찰이 막을까요? 그래도 걷겠습니다.
차라리 맞겠습니다.

우리는 폭력을 더 큰 폭력으로 갚는 저급한 미국인들이 아닙니다.
한 분만 나오셔도 좋습니다. 반갑게 인사를 나누겠습니다.
미선이, 효순이가 편안하게 쉴 수 있는 대한민국에 대해서 얘기하겠습니다.
저 혼자라도 시작하겠습니다. 이번 주, 다음 주, 그 다음 주.

광화문을 우리의 촛불로 가득 채웁시다. 평화로 미국의 폭력을 꺼버립시다."

수천에 이르는 촛불시위를 이끌었던 이 글의 성공비결은 철저하게 감성에 호소했다는 점이다. 에밀 졸라가 사건의 진상을 자세하게 쓰면서 정의감에 호소한 반면, 앙마는 우리가 약소국이라 이런 꼴을 당했으니 억울하게 죽은 우리 누이를 위로해야 한다고 외친다. 그러면서 전혀 고의가 아닌 사건을 '미군이 자행한 살인'처럼 보이도록 하는 데 주력했다.

동시에 이 글을 읽고 많은 사람들의 행동을 이끌어낸 것은, 누구나 실천 가능한 추모 방법에 있었다는 사실에 주목할 필요가 있다. 촛불을 들고 광화문에 나가는 것, 추모의 촛불로 광화문을 채우는 것, 이 정도도 안 한다면 왠지 대한민국 국민이 아닌 것 같고 나쁜 놈이 될 것만 같다. 이렇게 시작된 촛불시위는, 2004년 벌어진 탄핵반대 집회와 2008년 광우병반대 집회 등 숱한 시위의 모델이 된다. 앙마는 글 마지막 부분에서 "저 혼자라도 시작하겠습니다."라며 쐐기를 박는다. 이 구절까지 읽고서 어느 누가 쉽게 외면할 수 있겠는가.

그 주 토요일, 광화문에는 많은 시민들이 촛불을 들고 시위에 동참했다. 그 다음 주에는 보다 많은 시민들이 나서서 시위규모는 갈수록 커졌고, 나중에는 시민 수만 명이 광화문 밤을 환하게 밝혔다. 사태가 점점 커지자, 2002년 대선을 앞둔 각 후보들이 시위현장에 모습을 드러내는 해프닝도 일어났다.

사실 사건이 터진 직후 여중생들의 죽음을 알리고자 했던 분들이 없

나는 쓰면서 성장한다

었던 건 아니다. 일부 시민단체들은 시신을 찍은 사진을 내걸며 반미 감정을 불러일으키려 했지만, 때가 때인 만큼(한일월드컵) 이에 동조하는 사람들은 드물었고, 오히려 훼손된 시신을 이용해 시위하는 게 너무 잔인하다는 비판도 있었다. 그런데 한겨레신문 토론방에 올라온 글 한 편이 그간 무심했던 사람들의 감정을 움직였고, 촛불시위를 이끌어냈던 것이다.

뒷얘기이긴 하지만 이 과정에서 오마이뉴스 기자를 겸했던 앙마는 약간의 무리수를 둔다. 한겨레신문 토론방에 올린 자신의 글을 마치 다른 사람의 글인 양 '네티즌, 광화문의 촛불시위를 제안하다'라는 기사로 작성한 것. 나중에 이 사실이 들통나 따가운 시선을 받긴 했지만, 시민 수만 명을 거리로 불러낸 건 기사가 아닌 앙마의 글이었다. 나 역시 우리집 개를 데리고 시위현장에 갔다가 외신기자에게 사진을 찍히기도 했다.

효순이와 미선이 사건은 일어나지 말아야 했던 안타까운 사건이다. 그러나 세월호와 달리 진상을 규명할 게 없는 교통사고였고, 광화문 거리에 나간다고 해서 미군에게 추가로 요구할 게 없는 마무리된 사건이었다. 그런데도 우리는 앙마의 글을 읽는 순간 이성이 마비됐고, 그저 가슴이 시키는 대로 시위현장에 나갈 수밖에 없었다. 좋든 싫든 간에 이런 게 바로 글의 힘이다.

스마트폰 시대의 글쓰기

주문한 음식이 나와 젓가락을 대려고 하면 일행 중 한 명이 이렇게 말한다.

"잠깐! 사진 좀 찍고요."

아마도 그분은 자신의 카카오스토리에 음식 사진을 올려 맛있는 거 먹는다고 자랑하고 싶은가 보다. 이제는 굳이 카메라를 따로 챙기지 않아도 손쉽게 사진을 찍고 바로 소셜네트워크서비스SNS에 올릴 수 있게 되었다. 스마트폰 덕분이다. 거의 모든 사람들이 카메라, 시계, TV, 캠코더, MP3의 기능을 장착한 스마트폰을 가지고 있고, 원할 때면 언제든 사진과 동영상을 찍을 수 있다. 이렇게 사진 한 장으로 모든 상황이 설명되는 지금도 글쓰기는 필요한 것일까.

2015년 4월 1일, 만우절을 맞아 기생충학자가 기생충에 걸리면 재미있겠다 싶어 '서민 교수, 고래회충 감염돼 입원, 충격'이라는 글을 블로그에 올렸다. 나를 아는 사람뿐 아니라 모르는 사람들까지 그 글을 봤고, 한동안 외부 강연에 갈 때마다 그때 입원했던 일은 어떻게 됐냐며 질문을 받았다.

과학기술의 발달로 글이 전파되는 수단이 과거와 달라지긴 했지만, 글쓰기의 중요성이 줄어든 것은 아니다. SNS로 글이 퍼지는 속도가 과거보다 훨씬 빨라졌으니, 글의 중요성은 오히려 과거보다 커졌다고 할 수 있다. 고래회충이야 만우절 이벤트지만, 자신이 당한 억울한 사연을 남들에게 알리고 싶을 때 글쓰기만큼 위력을 발휘하는 것은 없다. 특히 가진 것도 없고 빽도 없는 서민들이 인터넷에 글을 올려 자신의 억울함을 호소하는 것은 최후의 보루인 셈이다. 하지만 억울함을 호소한다고 해서 모든 글이 사람들의 공감을 얻으며 화제가 되는 것은 아니다. 억울한 사연의 메카라고 할 '다음아고라'를 비롯해 각 인터넷 사이트마다 수많은 사연들이 올라오지만, 사람들의 관심을 받는 글은 얼마 되지 않는다.

2015년 1월에 벌어진 소위 '크림빵 뺑소니 사건'을 보자. 트럭 운전사로 일하는 강○○ 씨는 임신한 아내를 위해 크림빵을 사들고 새벽 한 시쯤 집으로 가다 도로를 달리던 윈스톰(GM SUV)에 치여 숨지고 만다. 병원으로 재빨리 옮겼다면 살았을 텐데, 당시 술을 마셨던 운전자는 그대로 도주하고 만다.

SBS 모닝와이드 '블랙박스로 본 세상'에서 이 사건이 보도될 때만 해도 별 반향이 없었다. 해마다 5천 명 정도가 교통사고로 숨지는 우리나라에서 유명인도 아닌 일반인이 당한 사고에 주목할 사람이 대체 얼마나 되겠는가. 더군다나 가해자가 사고 후 골목길로 들어가 4분 가량 정차한 뒤 집으로 간 점, 뺑소니차를 시골 부모님 집에 숨겨두고 친구 차를 빌려 천안에서 파손된 부품을 구입해 직접 수리한 점 등 치밀한 은폐시도를 했으니, 범인을 잡는 것 자체도 어려운 일이었다.

하지만 중고차 매매사이트인 보배드림에 올라온 글이 모든 것을 순식간에 바꿔놓았다. 글에서 강조한 것은 '크림빵'이었다. 우리나라는 위낙 갑자기 발전한 탓에 중년들 대부분이 어려웠던 시절에 대한 향수가 남아 있었고 크림빵은, 치킨이나 자장면과 더불어 그 시절의 향수를 불러일으키는 대표적인 음식이었다. 사실 새벽 한시에 사고가 난 것은 강씨가 그때까지 일을 했기 때문이었지, 크림빵을 찾아 헤매느라 그런 것은 아니었다. 교통사고 역시 길을 건너다 당했을 뿐, 크림빵과는 무관했다.

만일 '새벽 한시에 귀가하던 트럭운전사가 뺑소니차에 치여 숨졌다' 는 평범한 글이었다면 그토록 관심을 받을 수 있었을까? 교통사고로 죽은 수많은 사람들처럼 강씨의 사건도 그대로 묻혔을 것이다. 하지만 임산부인 아내가 케이크를 먹고 싶어 했고 돈이 없었던 가장은 크림빵 이라도 사다줘 아내의 아쉬움을 달래주고 싶었다.

크림빵에 얽힌 중년들의 향수와 어려운 가정사가 더해지면서 강씨 의 죽음은 국민적인 사건이 됐다. 생계가 어려워 크림빵밖에 사다줄 수 없었던 트럭운전사, 밤늦은 시간까지 일하다 당한 교통사고, 뺑소 니, 이 세 가지 조합은 많은 사람들의 심금을 울렸고, 이는 (아내의 도움 을 받은) 가해자가 스스로 범행을 실토하게 만들었다.

글쓰기가 꼭 억울한 일을 당했을 때만 필요한 것은 아니다. 2013년 고려대학교에서는 '안녕들 하십니까?'라는 제목의 대자보가 붙었다. 경영학과 재학생이 붙인 이 대자보는 '철도민영화에 반대한다며 수천 명이 직위 해제되고, 국정원이 불법으로 대선에 개입하고, 밀양 주민이 음독자살을 하는, 하 수상한 시절에 어찌 모두들 안녕하신지 모르겠 다'는 내용이었다. 이 대자보가 호소력을 가진 비결은 주위 사람들에게 '안녕들 하십니까?'라고 묻고 있다는 데 있다. 하루에도 몇 개씩 붙는 다른 대자보처럼 "학우여, 철도 노조원들이 해고당하는 현실을 모른 체 하시겠습니까?"라고 했다면 이토록 많은 학생들이 호응했을 것 같지 않다. 그런데 이 대자보는 묻고 있다. 현실이 이런데 너는 안녕하냐고. 글의 마지막 부분을 보자.

"만일 안녕하지 못하다면 소리쳐 외치지 않을 수 없을 것입니다. 그래서 마지막으로 묻고 싶습니다! 모두 안녕들 하십니까!"

'안녕들 하냐'는 물음에 가슴 한구석이 아프지 않을 학생이 얼마나 되겠는가. 이 대자보는 곧 다른 대학으로 확산됐고, 페이스북, SNS에 널리 퍼지면서 화제가 됐다.

스마트한 시대라서 글이 더 이상 중요하지 않다고 생각할지 모른다. 그러나 현실은 그 반대다. 다른 사람들의 참여를 이끌어내는 데 글만큼 중요한 수단은 없다.

마이클 크라이튼과 존 그리샴의 공통점은?

의사가 TV 드라마에 나올 때가 가끔 있다. 나는 드라마에 나온 의사들을 볼 때마다 답답하다는 느낌을 받는다. 실제 의사의 모습이 아니라 우리 사회가 생각하는, 현실과 동떨어진 의사가 나와서다. 드라마 속 의사들은 하나같이 잘생겼고, 그다지 일을 열심히 하는 것처럼 보이지 않으며, 경제적으로도 풍족하다. 현실에서 이와 같은 의사가 과연 얼마나 될까. 외모부터 얘기해보자.

내가 의대에 들어간 게 최고의 선택인 것은 의대생들이 대체로 못생겼기 때문이었다. 늘 반에서 꼴찌, 혹은 꼴찌에서 두 번째 정도의 외모 경쟁력을 지닌 채 살았던 소년이 대학에 가서 자기보다 훨씬 더 못생긴 애들을, 그것도 한두 명이 아니라 수십 명을 봤을 때 얼마나 충격적이었는지 아는가.

외모 때문에 늘 부모님을 원망했던 난 그들을 보고 나서 나 자신을

나는 쓰면서 성장한다

사랑하게 됐다. 물론 요즘이야 의대생들의 외모도 훨씬 나아졌고, 연극영화과에 들어갈 만큼 잘생긴 학생들도 가끔 있지만, 그래도 의대가 전체 평균보다 외모적으로 아래 있는 건 틀림없는 사실이다. 요즘 가르치는 학생들만 봐도 눈 크기가 나 정도 되는 애들이 셋이나 되니 말이다.

의사들이 지나치게 한가한 것도 현실과 다르다. 과거에 비하면 인턴이나 전공의에 대한 처우가 좀 나아지긴 했어도, 일반 직장인들과 비교하면 아직도 심각한 수준이어서, 일곱시 칼퇴근하는 전공의를 상상하기 어렵다. 여자를 만나도 주말이나 돼야 만날까 말까고, 이발이나 목욕을 제때 하지 못해서 같이 있으면 냄새가 날 때도 있다. 한 여자를 사귀는 것도 부담스러운 판국에 드라마처럼 삼각관계를 유지하는 건 슈퍼맨이 돼야 가능하다.

마지막으로 경제력. 드라마의 의사들은 다들 돈 걱정에서 자유롭다. 드라마 주인공들은 나이가 많아봤자 30대 초반이던데, 그 연령대 의사들은 대개 전공의거나, 군에 가 있거나, 아니면 전임의로, 정식 교수는 아니고 교수 밑에서 전문적인 지식을 배우는 단계에 있다. 셋 중 어떤 직종도 돈을 많이 벌지 못하며, 그 또래에 결혼을 한 상태라면 더더욱 생활고에 시달린다. 그들이 박봉과 과한 근무시간을 견뎌내는 것은 나중에 스태프(교수)가 됐을 때, 혹은 개업을 했을 때, 많은 수입을 기대할 수 있기 때문이며, 그렇게 되는 건 최소한 30대 중반 이후다.

미국에서 만든 의학드라마 〈그레이 아나토미〉는 의대를 졸업하고 인턴이 된 남녀가 병원에서 겪는 이야기를 주로 다룬다. 그들은 하나같이 바쁘며, 이 바쁨은 대부분 환자와 관계된 일이다. 휴게실에서 인턴

들끼리 모여 커피라도 마시려 치면 이내 호출이 온다. 미드에서 선배의 사와의 로맨스가 나오지 않는 것은 아니지만, 극히 일부일 뿐 전체 흐름을 좌우하지 않는다. 제법 흥행에 성공한 영화 〈추격자〉에서 김윤석은 날밤을 새면서 범인을 쫓는데, 〈그레이 아나토미〉의 의사들도 거의 날밤을 새면서 환자를 괴롭히는 병원체와 싸운다. 그걸 보면서 사람들은 느낀다. 의사의 삶이 그리 녹녹치 않다는 것을.

반면 우리나라 의학드라마는 이렇다. 훈남의 대명사 김수현이 전공의로 근무하는데, 그의 고민은 병원장 딸로 나오는 한효주가 맹렬히 대시하고, 자신의 환자였던 수지가 유혹을 하는 바람에 어려서부터 자신과 평생을 같이하기로 한 신세경과 사각관계가 된 것이다. 이런 드라마를 보면서 사람들은 느낀다. 의사 팔자가 상팔자라고. 한국에서 의사에 대한 반감이 유난히 높은 것도 실제 의사가 아니라 정형화된 의사의 이미지가 드라마에서 소비되기 때문이 아닐까 싶다.

○

전문드라마의 탄생 조건

이런 차이가 생긴 이유는 뭘까? 한국드라마 작가들은 머릿속으로만 생각한 의사의 이미지를 드라마로 구현한다. 의학드라마지만 실제 병원환경을 잘 모르는 작가가 썼으니, 남녀삼각관계에 집착하고, 그게 좀 밋밋하다 싶으면 출생의 비밀을 끼워 넣는다. 반면 미국드라마 작가들은 현실로 뛰어들어 그 대상을 관찰한다. 심지어 실제 의사가 집필하기도 한다.

대표적인 예가 〈ER〉이다. '응급실'을 뜻하는 〈ER〉은 '의학드라마의 새로운 지평을 열었다'는 호평을 받았는데, 이 시리즈의 책임프로듀서는 바로 마이클 크라이튼이다. 하버드 의대를 졸업한 의사로 자신이 직접 보고 느낀 것들을 바탕으로 집필했으니 얼마나 리얼하겠는가. 영화로 만들어져 전 세계적으로 9억 달러의 수익을 올린 〈쥬라기공원〉의 원작자 역시 크라이튼인데, 그는 이 소설에서 다음과 같은 방법으로 공룡을 복제했다고 밝혔다.

"공룡이 살던 시대에도 모기가 있었다. 모기는 공룡의 피를 빨았다. 흡혈을 한 지 얼마 안 된 모기의 몸에는 공룡의 혈액이 그대로 보존돼 있다. 그 모기가 어떤 이유로 죽은 뒤 화석이 돼버렸다면, 그 모기의 몸 안에 있는 혈액으로부터 공룡의 DNA 서열을 알아낼 수 있다. 그 DNA 서열을 바탕으로 공룡을 복제해냈다."

논리적으로 봤을 때 별다른 허점이 없어 보인다. 물론 이렇게 될 가능성이 극히 희박하고, 과학계 일각에서는 "이게 말이 되느냐?"는 비판의 목소리도 있지만, 자신이 사랑한 여인이 알고 보니 자신의 어머니가 결혼 전에 낳은 딸이었다는 막장드라마에 비하면 훨씬 그럴 듯해 보인다. 이것 역시 크라이튼이 의학의 한 분야인 유전학을 공부했기 때문에 가능한 발상이었다. 물론 작가에게 힘을 보태줄 전문가의 '자문'이 있긴 하다. 실제로 작가들은 해당 분야 전문가의 도움을 받기도 한다. 하지만 자문에서 뭔가 대단한 아이디어가 나오기는 어렵다.

작가	공룡이 나오는 공원을 만들고 싶은데, 공룡을 어떻게 만들었다고 할까요?
유전학자	공룡을 어떻게 만들어요. 수억 년 전에 살았던 애들인데. 그냥 도마뱀이나 몇 마리 풀어놓고, 그 중 한 마리가 돌연변이로 커졌다고 하면 되죠.
작가	아무리 그래도 도마뱀은 좀… 티라노사우루스 한 마리는 있어야 공룡 공원이죠!
유전학자	아 글쎄, 안 된다니까요.

대부분의 자문이 이런 식이다. 작가가 먼저 아이디어를 내서 "공룡 피를 빤 모기에서 DNA를 추출하면 어떨까요?"라고 하지 않는 한, 전문가가 적극적으로 나서서 아이디어를 내놓긴 힘들다. 여기서 우리는 전문드라마가 탄생하기 위한 결정적인 조건을 알 수 있다. 바로 해당 분야 전문가가 집필하는 것이다. 작가가 실제 현장에 찾아가 곁에서 오랫동안 인물들을 관찰하는 것도 무방하지만, 밖에 있는 사람이 단기간에 알 수 있는 것에는 한계가 있다. 실제 집단 내부에 속해 있는 사람만이 공감할 수 있는 미묘하고 복잡한 감정이 있기 때문이다.

다른 나라에 비해 우리나라는 전문직 종사자들이 시나리오를 쓰는 일이 매우 적다. 왜 우리나라 전문직 종사자들은 시나리오를 쓰지 않을까? 원인은 여러 가지가 있을 것이다. 작가에 대한 처우가 좋지 않다는 것도 이유일 테고, 드라마 집필보다 논문 한 편을 더 알아주는 풍토도 이유가 될 수 있으리라. 혹시 글쓸 시간이 없어서? 그럴 수도 있지만, 내가 생각하는 진짜 이유는 전문직 종사자들이 글을 못 쓴다는 데 있다.

학교 홈페이지를 활성화하려는 차원에서 주변 의사들에게 글을 써 달라는 부탁을 몇 달간 했었는데 어찌나 완강히 거절하는지, 차라리 돈을 꿔달라는 부탁이 더 쉽겠다고 생각했다. 글쓰기가 나와는 상관없는 일이고 스스로 글을 못 쓴다고 생각한 결과 그런 반응을 보이는 것 같은데, 사정이 이 정도이니 우리나라에서 의사가 쓴 의학스릴러가 나오기는 쉽지 않아 보인다.

미국의 글쓰기 교육

외국의 경우를 살펴보자. 하버드 대학교에서 문예지 편집장을 맡고 있는 이영준 선생은 지난 20년간 미국 대학의 교과과정에서 글쓰기 강좌가 많이 늘었다면서 그 이유를 다음과 같이 설명했다.

"텍스트를 정확하게 읽고 요약하는 능력, 그에 대한 자신의 생각을 논리적으로 명료하게 표현하는 훈련은… 교양인이 되려면 반드시 필요한 일이다."

'미국의 글쓰기 교육', 〈조선일보〉, 2008년 11월 4일

신우성이 쓴 《미국 글쓰기 교육, 일본 책읽기 교육》에는 하버드 대학교에서 글쓰기 훈련을 얼마나 혹독하게 시키는지 나온다. 특히 교수와 학생이 일대일로 대면해 지도하는 방식이 인상적이었는데, 학생의

글을 교수가 일일이 첨삭해가면서 잘못된 부분을 지적하고, 거기에 맞춰서 학생이 다시 글을 써오면 교수가 또 지적하는 방식이다. 이렇게 글을 쓰고 또 고치다 보면 글이 나아질 수밖에 없지 않겠는가.

우리나라에서는 작가가 될 사람이 아니면 글쓰기를 그다지 중요하게 생각하지 않지만, 미국은 MIT 공대처럼 글과 전혀 관련 없어 보이는 학과에서도 글쓰기 교육에 많은 시간을 할애한다. 왜 그럴까? MIT 교육프로그램 책임자의 말을 들어보자.

"MIT 학생 대부분이 사회 리더로 활동할 것이며, 그들이 사회 리더로 활약하면서 가장 중요한 덕목이 글쓰기가 될 것이기 때문이다."

'글로벌 리더는 글쓰기에 집중한다', 문성주, 〈크리스찬투데이〉, 2014년 10월 2일

이런 사회적 분위기 덕분에 외국에서는 자신의 전공을 살려 멋진 소설을 쓰는 사례가 제법 많다. 심지어 일을 때려치우고 작가로 전업하는 경우도 생긴다. 글쓰기가 교양인이라면 갖춰야 할 기본소양으로 인식되다 보니, 회사가 조금이라도 마음에 안 들면 "글이나 써야겠다."며 자리를 박차고 나올 수 있는 것이다.

그 대표적인 예가 존 그리샴이다. 법정스릴러에 관심이 있는 사람이라면 한 번은 들어봤을 이 분야의 거장으로, 원래 직업은 변호사였지만 진작 때려치우고 글만 쓰고 있다. 책도 워낙 잘 팔리고 영화화되는 책도 많으니 변호사로 살 때보다 돈도 더 잘 번다. 중요한 것은 변호사가 이렇게 재미있는 소설을 쓸 수 있다는 점이다.

미국에선 작가로 전업한 사람이 한둘이 아니다. 정신과 의사 스캇

팩은 요양병원의 현실을 소설로 만든 《창가의 침대》를 썼고, 테스 게리첸은 《외과의사》라는 스릴러로 명성을 날렸다(제목만 보고 외과의사가 겪는 일이라고 생각하지 마시길. 여성만 죽이는 연쇄살인마를 경찰이 외과의사라고 부르는 것이다). 이웃 일본만 해도 《나전미궁》, 《바티스타 수술팀의 영광》 등을 쓴 가이도 다케루가 있다.

○

한국의 글쓰기

한국의 경우는 어떨까? 사실 우리나라는 글쓰기를 장려하기보다 더 멀어지게 만드는 교육을 하는 게 아닌가 싶다. 글쓰기에 관한 모든 책이 독서를 필수조건으로 꼽지만, 우리나라 입시제도는 책을 읽지 않아도 상관없는, 아니 읽지 않을수록 더 유리해지는 시스템이니 말이다. 앞에서 말한 것처럼 일곱 살 때부터 서른까지 책이라곤 교과서만 읽었던 내가 대학입시의 수혜자가 된 게 그 증거다.

다행히 내가 대학에 들어간 이듬해부터 '논술'이라는 과목이 입시에 포함됐다. 교육부에서 글쓰기의 중요성을 인지한 건 다행이지만, 너무 졸속으로 이루어져 아쉬운 점이 많다. 자기 생각을 논리적으로 쓸 수 있는 학생을 원했다면 먼저 준비할 시간을 주고 교육도 충분히 시킨 후, 대학입시에 포함시켜야 했다. 지옥훈련을 한 내가 궤도에 오르기까지 10년이 걸린 걸 생각해보면, 아무 준비도 못한 고3수험생에게 '내년부터 논술도 포함'이라는 통보는 너무나 막막한 것이었으리라.

논술이 두려웠던 학생들은 논술학원으로 달려가 족집게 과외를 받았고, 주제에 상관없이 다들 비슷한 모범답안을 제출했다. 어차피 논술에서 점수 차이는 크게 나지 않으니 글쓰기에 공을 들이는 것보다 영어나 수학문제 하나라도 더 푸는 게 입시에 유리했다.

학생들은 여전히 학원에서 써주는 모범답안을 외우고 있다. 학원의 모범답안을 외우는 것도 아예 아무것도 하지 않는 것보다는 나을 것이다. 하지만 형식적인 절차에 불과했던 우리나라의 논술시험은 그나마도 명맥을 잃어가고 있다.

2016년 대학입시에서 논술을 반영하는 학교는 불과 28개 대학으로, 전체의 4%에 불과하다. 이런 상황에서 글을 잘 쓰려고 노력하는 학생이 얼마나 되겠는가. 대학입학 후라도 하버드 대학처럼 글쓰기 교육을 열심히 시키면 좋겠지만, 현실은 그렇지 않다.

학생들은 취업을 위한 자격증 따기에 골몰해 '한가롭게' 글을 쓸 시간이 없다. 그 자격증 중 대표적인 것이 토익인데, 많은 대학에서 일정 기준의 토익점수를 획득하지 못하면 졸업을 시키지 않고 있다. 모든 이가 해외영업을 뛸 것도 아니고, 취직을 하는 대신 프리랜서로 살아갈 사람도 있는데 왜 모든 대학생이 영어를 잘해야 하는 것일까? 심지어 장차 소설가가 되기를 희망하는 국어국문학과 졸업생이 토익점수 미달로 졸업을 못하는 황당한 사태도 벌어진다.

대학이 토익점수 대신 글쓰기를 졸업요건으로 정하면 어떨까? 대학을 졸업하기 전 자신의 글이 신문의 독자투고란이나 방송의 사연 코너에 실려야 졸업할 수 있도록 말이다. 물론 "모든 사람이 글을 잘 써야 하느냐?"고 비판할 수 있겠지만, 앞에서 말한 것처럼 글은 모든 이가 잘 써야 하는 게 맞고, 글을 잘 쓰는 것은 자신의 능력을 더 잘 발휘할 수 있는 길이다. 그러나 실제 이런 일이 일어날 확률은 0%에 가깝고, 현재 취업하려고 쓰는 자기소개서만이 학생들이 글쓰기 실력을 뽐낼 유일한 기회다.

그렇다면 학생들은 글쓰기에 전혀 관심이 없을까? 지난 3년간 대학에서 글쓰기 강좌를 개설한 적이 있다. 내 경험을 토대로 학생들에게 글을 왜 써야 하는지 강의하고, 학생들이 제출한 글을 첨삭지도하면서 글쓰기에 관심을 갖도록 도왔는데, 학생들의 반응은 가히 폭발적이었다. 몇몇 학생의 의견을 보자.

"이제까지의 글쓰기 강의랑 다르게 솔직하고 실질적으로 도움이 많이 됐던 것 같다."

"정말 좋았어요. 글 쓰는 방법을 기본부터 차근차근 알려주셔서 감사해요."

"글쓰기를 전공으로 배우는 학생입니다. 항상 머리 싸매고 글 쓰는 것이 제 일인데요, 이 수업을 들으면서 전공과 색다른 재미가 있다는 걸 느꼈어요. 글은 정말 니체의 말처럼 '피로 쓰는 것'이 정도^{주3}일지 모르지만, 가끔씩은 교수님이 가르쳐준 방식대로 '일단 편하게 써내려가는 게' 제일 중요한 것 같아요. 이 강의에서 제일 좋았던 점은, 수업이 끝마무리를 향해 달려갈 때 변화된 저의 모습을 느낄 수 있었단 거예요. 글을 대하는 자세가 한결 편해졌다는 사실이요. 전에는 무작정 쓰기만 하면 누군가가 찾아와서 '그렇게 쓰면 안 돼! 그건 소설이 아니라 쓰레기야!' 라고 외쳐댈 것 같아 무서웠는데, 요새는 정말 그냥 무작정 자판을 두드려서 이야기를 진전시키고 있어요. 소설을 쓰는 사람으로서 이런 태도 변화가 제 삶의 스트레스를 낮추는 데 얼마나 도움이 되었는지 모릅니다."

　토익과 학점관리 등으로 바빠서 그렇지, 학생들이 얼마나 글쓰기에 목말라있는지 알 수 있다. 우리나라에서 제대로 된 글쓰기 교육이 필요한 이유다.

글이 쓰고 싶어 안달 난 청년

암흑기인 10대를 지나 의대에 진학했다. 의대에 합격한 것은 내 인생에서 광명과 같았다. '이 얼굴에 공부까지 못하면 답이 없겠다'는 자각으로 열심히 공부하기도 했지만, 당시 물리학과나 전자공학과가 의대보다 인기가 좋아, 나보다 점수 높은 학생들이 그리로 쏠렸던 것도 행운이었다.

내가 의대를 희망한 이유는 단순했다. 고등학교 1학년 때 받은 적성검사 결과지가 '의대로 가라'는 계시를 줬기 때문이다. 동기가 무엇이든 의대에 간 건 천운이었다. 의대에 가니까 나보다 안 생긴 애들이 꽤 많았다. 못생긴 걸로 따지면 둘째가라면 서러울 정도인데, 그런 내가 보기에도 "쟤는 과연 인간인가?" 싶을 만한 애들이 캠퍼스를 활보하고 다녔다. 나처럼 얼굴에 한을 품은 애들이 그 분노를 공부에 쏟아부었던 모양인데, 그런 애들의 존재는 고등학교 때까지 늘 '반에서 가장 못

생긴 아이'였던 내게 큰 자신감을 심어줬다.

의대생들은 대부분 공부만 하던 모범생으로, 다들 웃음에 메말라 있었다. 생각나는 에피소드 하나가 있다. 오리엔테이션에서 자기소개를 할 때 "제가 눈이 작죠? 하지만 시력은 좋아요."라고 했는데, 그 말에 다들 자지러졌다. 어리둥절했다. 저 말이 뭐가 웃기다고? 고등학교 때까지 웃기려는 시도는 열심히 했지만 성공한 적이 드물었던 난, 비로소 '웃기는 아이'가 됐다. 심지어 말을 하려고만 해도 미리 웃는 친구가 생겼는데, 그 친구한테 왜 미리 웃느냐고 물었더니 이렇게 대답했다. "네가 웃긴 말 할 것 같아서."

웃음이 헤픈 친구와 같이 다니면 유머를 연마하는 데 나태해질 것 같아, 그 친구를 멀리하고 웃음에 인색한 친구와 같이 다닌 것도, 유머 연구회를 만들어 술자리에서 웃긴 말을 한 사람만 안주를 먹게 한 것도, '여기서 만족할 수 없다'는 굳은 결의 때문이었다.

무엇보다 다행이었던 건 글쓰기에 대한 욕구가 의대에 가서야 비로소 구체화됐다는 점이다. 의대가 아니라 다른 과였다면 나 정도 글 실력으로 편집부장이 되는 것은 불가능했을 것이다. 하지만 몸담은 곳이 의대였기에, 대학 1학년 때 동아리 회지를 책임지는 편집부장이 될 수 있었다.

1학년에게 편집부장을 맡기는 이유는 편집부장이 그럴 듯한 직함과는 달리 허드렛일을 하는 자리여서다. 즉 편집부장은 선배들한테 글을 써달라고 독촉하고, 그 글을 받아서 편집부원과 함께 손글씨로 옮기고 (그때는 80년대였다), 원고를 필요한 만큼 복사해 잡지 형태로 만드는 일도 해야 했다. 또 만들어진 회지를 회원들에게 배포하고, 졸업한 선배들에게 일일이 우편으로 보내는, 이 모든 과정을 책임지고 총괄하는 사람이 바로 편집부장이었다.

이런 일을 2주마다 해야 했으니 의대에서 편집부장을 하려는 사람은 거의 없었는데, 난 가뜩이나 경쟁도 없는 그 자리를 1학년 1학기 내내 "저요 저요!" 하며 들이댄 끝에 1학년 2학기가 시작할 즈음 임기 1년이 보장된 편집부장을 꿰찰 수 있었다.

편집부장의 업무 중 가장 힘든 것은 바로 선배들에게 글을 받아내는 일이었다. 안 그래도 글쓰기를 싫어하는 의대생이 모인 동아리고, 본과는 공부하느라 바쁘다는 알리바이까지 충분했으니 글 한 편을 받아내려면 여러 번 전화를 돌리고, 직접 찾아가야 하는 고충이 있었다.

동아리 회지의 사유화

난 매우 독특한 편집부장이었다. 보통 편집부장들처럼 선배한테 글을 받으려는 노력을 전혀 안 한 것은 아니었지만, 그보다는 회지 상당부분을 내 글로 채워버렸다. 회지 한 권에 보통 글 여섯 편이 들어가는데, 한 회당 평균 두세 편이 내 글이었다. 심지어 여섯 편을 모조리 써버린 경우도 있었다.

일부러 돈을 들여 동아리 회지를 만드는 것은 회원들의 친목도모와 더불어 여러 회원의 생각을 공유하기 위한 목적인데, 아무리 글로 뜨고 싶어 편집부장을 했다 하더라도, 이렇게 마음대로 한 것은 지금 생각해도 낯 뜨겁다. 게다가 그때 글 수준이 한심하기 짝이 없었고, 대부분 웃겨보려고 안달이 난 듯한 글뿐이었다. 당시 쓴 글 중 '해변의 여인'을 보자.

"돈나야, 일어나." 마돈나는 자신을 부르는 소리에 눈을 떴다. 해변의 바다는 파랬고, 근육질의 남성들이 자신을 보고 있었다.

"돈나 씨라고 했나요. 너무 아름다우세요." 남자의 말에 마돈나는 가슴이 뛰었다. 하지만 그 뒤에는 더 잘생긴 남자가 서 있었다. "돈나 씨, 제게도 기회를 주세요."

해변을 거니는 마돈나에게 뭇 남성들이 집적거린다는 내용이다. 뒷부분에 "돈나야, 일어나!"란 말이 반복적으로 나오고, 마지막에 이런 말로 끝난다. "청소해놓으라고 했더니 손님 침대에서 자고 있으면 어떡해? 입가에 침 좀 봐." 모든 게 꿈이었고, 이게 다 자신의 판타지였다는 너무도 흔해빠진 이 스토리에 일말의 웃음이라도 지은 분이 있다면 그저 감사할 뿐이다.

심지어 동기들조차 어이없어 한 이 글을 회지를 통해 읽어야 했던 선배들의 마음은 참담했으리라. 그런데도 이런 일이 문제되지 않은 것은 그곳이 공부 이외에는 큰 관심이 없던 의대생들의 동아리였기 때문이기도 했지만, 웃기고 싶었던 대학 1학년생의 치기를 넓은 아량으로 배려해준 선배들이 있었기 때문이다. 선배들은 오히려 재미있다면서 날 격려했고, 그런 반응이 글로 떠보자는 목표를 가졌던 나를 자극했다.

칼럼니스트가 되다

학년이 올라가도 동아리 회지의 한 면은 늘 내 차지였다. 뒤를 이은 편집부장이 나보다 후배였으니, 선후배 관계가 엄격한 의대에서 글을 써주겠다는 선심(?)을 거절하는 건 어려웠을 것이다. 편집부장 입장에서도 한 권당 글 여섯 편을 받아야 했는데, 전화로 통사정을 하지 않고도 매번 한두 편이 공으로 생기니 횡재나 다름없었다.

노력은 주위 사람들을 감동시키기 마련이라, 지칠 줄 모르고 C급 유머를 구사하는 내 정열에 감동한 마니아들이 하나둘 생겨났다. 어느해인가는 그 마니아 중 한 명이 편집부장이 됐다. 그는 부장이 되자마자 제일 먼저 날 찾아와 이런 제안을 했다.

"서민칼럼이란 코너를 신설하고 싶어요. 부디 맡아 주세요."

그때 난 신문에 글을 싣는 칼럼니스트가 인생에서 다다를 수 있는 최상의 목표였기에, 그 제안이 굉장히 기뻤다. "내가 칼럼을? 내가? 정말?" 감격에 겨워 외친 말이다.

자리가 사람을 만든다고, 일개 동아리 회지의 칼럼니스트라 해도 막상 그런 타이틀이 붙으니 뭐라도 된 것처럼 우쭐함이 온몸을 휘감았다. 첫 칼럼을 쓰던 날, 뭘 써야 할지 장고^{長考}를 거듭했다. 이제 나는 명색이 칼럼니스트니, 옛날처럼 "돈나야, 일어나!"와 같은 글을 써서는 안 될 것만 같았다. 뭔가 그럴 듯한 글을 쓰고 싶었기에 아버지 서재로 갔다.

거기에는 말년에 조금 변하셨지만 그 당시만 해도 최고의 지성으로 불렸던 김동길 연세대 교수의 칼럼집이 있었다. 거기 실린 글 중 결혼에 대한 글이 있었는데, 지금은 진부하게 느껴지는 '해도 후회 안 해도 후회'라는 내용이었다. 그걸 문체만 약간 바꿔서 '결혼을 해, 말아?'라는 제목으로 동아리 회지에 실었다. 변명의 여지없는 표절이지만, 의대생 중 김동길 칼럼집을 읽는 이가 없을 테니, 걸리지는 않을 거라고 위안했다.

첫 칼럼의 반응은 훌륭했다. "너 글 많이 늘었구나!" 동기 한 명이 내게 했던 말이다. 여기저기서 칭찬을 받으면서도 마음은 편치 않았다. 안 되겠다 싶어 이젠 내 힘으로 써보자고 결심했다. 매우 당연하게도 첫 번째 칼럼 같은 글은 다시 나오지 않았고, 일부 마니아층을 제외하면 내 글을 칭찬하는 사람도 없었다. 그래도 칼럼을 쓰게 되면서 변한 게 있었다. 칼럼 중 한 편이 당시 벌어졌던 지하철 파업에 관한 것이었다. 학생운동이 가장 치열했던 80년대에 대학을 다니면서도 돌 한 번 던져보지 않았던, 오직 프로야구에만 관심을 가졌던 내가 칼럼니스트 직함을 갖게 되자마자 사회문제로 눈을 돌린 것은 획기적인 일이었다. 아쉬운 것은 그 칼럼이 어처구니없게도 파업을 하는 지하철 노조에 대한 비아냥이었다는 점이다.

당시 노조는 파업의 일환으로 승객들에게 지하철 요금을 받지 않는 방법을 택했는데, 내 칼럼은 '지하철 하루에 100번 타면 떼돈 번다'는 내용이었다. 훗날 내 글의 특징이 된 비아냥거림이 발휘된 글이었지만, 비아냥은 그게 강자를 향할 때 가치가 있지 약자에게 향할 때는 엄청난 폭력이 된다는 것을 그때는 알지 못했다. 당시 대학생의 평균적인 인식수준에도 한참 못 미쳤던 이 글이 문제없이 지나간 것은 그곳이 역시 의대였기 때문이기도 하고, 내가 이미 본과 3학년이라 혼낼 만한 선배도 거의 없었기 때문이었다. 글의 기교만 있을 뿐 콘텐츠가 없는 글은 이렇듯 한심한데, 그 시절 이런 사실을 전혀 모른 채 죽어라 글만 쓰고 있었다.

동아리 회지는 내게 많은 지면을 허락했지만, 아쉬운 점이 있었다. 그 회지가 2주마다 나온다는 점이다. 게다가 내가 본과 3학년이 될 무렵부터 그게 한 달에 한 번으로 줄어들어, 글이 쓰고 싶어 좀이 쑤실 지경이었다. 그런 갈증을 해소해준 건 또 다른 동아리 방송반이었다. 공부하기 바쁜 의대생들이라 대부분 동아리를 들지 않고, 든다 해도 하나 정도를 선택하는 게 일반적이었지만, 후배가 들어오지 않아 고심하던 방송반 선배는 나를 억지로 방송반으로 끌고 갔다. 어떻게든 탈출할 기회만 엿보던 내가 방송반에 눌러앉은 것은 거기 놓여 있던 노트 때문이었다.

표지에 '뭐든지 하고 싶은 이야기를 써주세요'라고 적힌 그 노트는 글에 굶주려 있던 내 노트가 됐다. 그렇게 글이 쓰고 싶었으면 일기장에 쓰면 되지 않느냐고 할지 모르겠다. 하지만 내가 원한 것은 글로 남들한테 인정받는 것이라, 다른 사람이 읽지 않는 글쓰기는 무의미했다.

나의 활약으로 빼곡히 채워진 방송반 노트가 한 권 한 권 쌓여갔다. 내용은 빈약해도 매일같이 방송반에 들러 글을 쓰면서 '많이 읽고, 많이 쓰고, 많이 생각하라'는 글쓰기 3요소 중 한 가지 요소를 충실히 이행하고 있었다.

알지 못하는 사이 꾸준히 습작하고 있었던 그 시절, 한 가지 후회되는 일이 있다. 유머를 연구할 때 잘 웃어주는 친구를 멀리한 것과 달리, 내 글에 열광하는 마니아층의 말에 솔깃했다는 점이다. 동기 중 하나는 내가 쓴 단편에 대해 "야, 솔직히 이 글 너무 유치하지 않냐?"라고 말한 적이 있는데, 그 후부터 그 친구만 보면 맹렬한 적의를 드러내곤 했다.

자신의 글에 도취돼 있는 데다 쓴소리를 하는 친구마저 멀리한 결과는 훗날 《소설 마태우스》라는, 천하에 둘도 없는 쓰레기를 만들게 된다.

나는 쓰면서 성장한다

첫 책《소설 마태우스》의 비애

내 첫 책은 1996년에 출간된 《소설 마태우스》다. 사람들은 간혹 마태우스가 무슨 뜻이냐고 묻곤 하는데 마태우스는, 독일 축구선수 이름이다. 1990년 월드컵을 보고 있던 중 그라운드를 지배하는 한 선수가 유난히 눈에 띄었다. 이름은 로타 마태우스.

그는 독일을 월드컵 우승으로 이끈 주역이었는데, 그에 대해 자료조사를 하다 보니 놀라운 사실을 알게 됐다. 그의 아내가 미스 스위스 출신의 엄청난 미녀라는 것. 난 두말없이 필명을 마태우스로 정했다. 하지만 축구선수 마태우스를 아는 사람은 드물었고, 그게 무슨 뜻이냐고 묻는 사람이 많아 나름대로 의미를 부여하기로 했다.

"응, 마태우스는 말야, '마침내 태어난 우리 스타'의 줄임말이야."

그러자 사람들은 이해했다면서 고개를 끄덕였다. 나중에 안 사실이지만 축구선수 마태우스는 미스 스위스 부인과 이혼했고, 그 뒤로도 결혼과 이혼을 몇 번 더 반복하고 2014년 말, 자신보다 스물일곱 살이나 어린 여자와 다섯 번째 결혼을 했다. 필명치고는 그리 좋은 선택은 아니었던 셈인데, 그래서 그런지 책으로 뜨겠다는 소망이 이루어진 건 무려 다섯 번의 실패를 거친 뒤였다. 그 중 가장 처참한 실패는 뭐니 뭐니 해도 첫 번째로 낸 《소설 마태우스》였다.

○

《소설 마태우스》의 탄생

이 책은 원래 세상에 나와서는 안 되는 책이었다. 책 출간 후 한 라디오프로에서 책 얘기를 했는데, 당시 MC를 보던 정신과의사 양창순 씨가 이런 말을 했다.

"도대체 이런 책을 왜 쓰셨어요? 이 정도는 중학생도 쓸 수 있을 것 같은데요."

그 말에 욱했던 나는 나중에 그분한테 어떻게 그런 모욕적인 말을 할 수 있냐며 항의편지를 쓰기도 했는데, 제정신이 돌아온 지금은 양선생 말에 동의한다. 그 책은, 아무리 좋게 봐줘도, 쓰레기다. 오죽하면 나중에 뜨고 난 뒤 "네가 이런 책을 썼다는 걸 세상에 알리겠다."는 협박전화를 걸어온 사람에게 동명이인이 쓴 것일 뿐 내가 쓴 게 아니라고 박박 우기고 싶었지만, 어이없게도 책 표지에 내 사진을 떡 하니 박아놓아 그렇게 할 수도 없었다.

태어나서는 안 될 내 책은 어떻게 만들어졌을까? 굳이 변명을 하자면 이건 내 책임만은 아니다. 글을 쓰는 건 작가지만, 그걸 책으로 만드는 사람은 출판사 사장 혹은 편집인이다. 작가가 한심한 글을 썼더라도 그쪽에서 걸러줘야 마땅하건만, 출판사 사장님은 오히려 내 원고에 열광했다. 내게 책을 내자고 먼저 제안한 분도 다름 아닌 사장이었다.

대학시절, 그리고 그 후에도 난 동아리 회지에 계속 글을 썼는데, 출판사 사장이 그 글을 본 것이다. 그 사장님이 잘나가던 D일보 기자를 그만두고 출판사를 차린 지 얼마 안 된 초보 사장이었던 것도 문제였지만, 비극의 씨앗은 나랑 사장의 취향이 비슷한 데 있었다. 보통 사람이라면 내 글을 보고 '유치하다'고 해야 마땅하건만, 사장은 내 글에 열광했다.

책을 내자는 제의가 들어왔을 때, 나는 동아리 회지에 쓴 글들을 모아봤다. 대략 150쪽이 나왔다. 책 한 권을 내려면 300쪽 정도는 돼야 해서, 그때부터 방안에 처박혀 글을 쓰기 시작했다. 그 과정에서 아주 기초적인 실수를 저질렀다.

모름지기 책을 내려면 어떤 주제를 다룰지 먼저 정하고 그 중심 생각에 걸맞은 글을 써야 한다. 비행기에 관한 책이라면 철저하게 비행기에 대한 글만 써야지 갈매기에 관한 글은 넣으면 안 되는데,《소설 마태우스》는 도대체 무엇에 대한 글인지 분류가 명확하지 않았다. 유치하기 그지없는 단편소설이 주를 이루는 가운데, 그 중간중간에 '기생충은 과연 멸종했는가?', '사슴을 사랑해야 하는 이유', '공중변소에 대한 심각한 제언' 같은 에세이가 뜬금없이 들어갔다. 통일성 면에서 최악이었다. 장르가 통일된 것도 아니요, 주제가 통일된 것도 아니었다.

소설뿐 아니라 일반적인 글쓰기에서 주제는 가장 중요한 요소다. 글쓴이가 말하고자 하는 중심 생각이기 때문이다. 일단 주제가 정해졌다면 그 주제를 뒷받침하는 이야기를 한군데로 모아야 한다. 그래야 주제에 힘이 실리고 믿음이 생긴다. 군더더기 없이 그 주제에 맞는 경험이나 내용, 정보를 제공해야 하는 것이다.

10여 년의 지옥훈련을 마치고 쓴 《서민의 기생충 열전》을 살펴보자. 이 책의 주제는 '기생충을 제대로 알리자'다. 주제에 맞춰 파트1에서는 기생충이란 놈이 어떤 놈인지부터 나온다. 기생충의 습성에 대해 정보를 주고 흥미를 돋운다. 기생충을 생소하고 징그럽다고 생각했던 사람들도 많았겠지만, 글을 읽고 기생충이란 놈이 좀 친숙해졌을 것이다. 이어지는 파트에서는 구체적으로 우리 몸 여기저기 기생해 살고 있는, 성격도 생김새도 다양한 온갖 기생충에 대해서 쓰고 있다. 한 치의 오차도 없이 주제에 맞게 일렬종대로 쭉 서 있는 것이다.

주제에 맞는 글쓰기와 더불어 중요한 것은 내용에 객관성을 부여하는 일이다. 그래야 몰입할 수 있고 계속 읽어나갈 수 있다. 허무맹랑한 설정으로는 독자를 설득할 수 없다. 읽으면서 고개를 갸우뚱한다면 벌써 그 이야기는 신뢰를 잃은 것이다. 소설가 안정효가 쓴 《글쓰기 만보》를 보면 이런 말이 나온다.

"이 장면을 쓰기에 앞서서 나는 사직공원으로 답사를 나갔다. 그곳 공원 안의 수영장을 자주 드나들었던 터라 워낙 낯익은 장소이기는 했지만, 한기주가 변진수를 죽이는 상황을 보다 정확하게 묘사하고 싶은 욕심에서였다. 따라서 앞에 인용한 부분에 등장하는 모든 자질구레한 묘사는 답사를 하던 바로 그날 현장에서 내가 직접 보고 수첩에 적어 집으로 가지고 온 사항들이었다."

소설은 말 그대로 허구의 이야기지만, 그게 허구라는 걸 알면서도 독자를 소설에 빠져 들게 하려면 등장인물을 제외한 나머지 부분, 즉 배경이나 사건이 사실을 기반으로 쓰여야 한다. 예컨대 주인공이 동서울터미널에서 아침 아홉시 버스를 타고 인제로 갔다면, 이런 항의가 들어올 수 있다.

"동서울터미널에 확인해봤더니 아침 아홉시 버스는 없던데?"

이게 사소한 것 같지만 결코 그렇지 않다. 한번 신뢰를 잃어버리면 내용을 믿기 어렵고, 다음 내용에 대한 궁금증도 사라진다. 소설가 안정효처럼 사건이 일어나는 시간에 현장답사는 못할지라도 인터넷으로 검색 정도는 해봐야 한다.

'메두사'의 첫 대목을 보자.

"이 이야기는 아직도 지구가 사각형이라고 믿었던 15세기 중반 조선에서 벌어진 일이다. 당시 조선에서는 훈민정음이 반포되었으며, 수양대군이 단종을 몰아내고 왕위를 찬탈하여 민심이 흉흉했다."

글을 쓸 당시에는 인터넷이 없었지만, 학창시절 국사를 배웠다면 훈민정음 반포가 1443년이고, 세조가 집권한 건 그로부터 10년 뒤인 1453년이라는 사실 정도는 알 수 있다. 그런데도 사건의 배경이라면서 두 사건을 나란히 언급한 것은 참으로 어처구니없다(심지어 소설과 그 두 사건은 아무 상관이 없다).

그래도 팔렸다

《소설 마태우스》의 비극 중 하나는 이 책이 여러 단점에도 불구하고 웬만큼 팔렸다는 것이다. 어떻게 그런 일이 가능했을까? 책이 나왔던 1996년에는 삐삐라고 불렸던 무선호출기가 전 국민의 통신수단으로 위세를 떨치던 시절이었다. 그 시절 공중전화마다 사람들이 길게 줄을 서 있었던 것도 삐삐를 치거나 호출 받은 번호로 전화를 걸기 위해서였다.

상대방에게 삐삐를 치려면 전화를 건 뒤 약 23초 동안 안내멘트를 들어야 했는데, 그 안내멘트는 자신이 설정할 수도 있어서, 대부분 '어디 사는 누구입니다. 저한테 호출해주셔서 감사합니다'와 같은 인사말을 녹음했다. 나는 누구나 하는 그런 멘트는 식상해서 삐삐 인사말에 소설을 연재했다. 매일아침 다섯시에 일어나 삐삐 인사말에 하루분의 소설을 녹음했다.

" '얼룩말의 저주' 스물세 번째 시간입니다. 잠에서 깨어난 미자는 깜짝 놀랐다. 으아아악! 다리에 피가 묻어 있었기 때문이었다. 으아아악! 하지만 자세히 보니 전날 먹던 토마토케첩이 다리에 쏟아진 것이었다. 괜히 놀랐잖아. 그런데 그때 창문에 누군가가… 다음 시간에!"

대충 이런 식이었다. 여기에 무슨 재미가 있으며, 작품성이 있겠는 가. 내게 삐삐를 쳤던 친구들은 소설 인사말을 듣는 게 짜증났다고 말했다. 그런데 출판사에서《소설 마태우스》를 내면서 '삐삐소설'이란 문구를 집어넣었다. 삐삐소설을 모아서 책을 냈다는 의미다. 내용에 흥미를 느끼지 못했던 기자들은 삐삐에 소설을 연재한다는 발상 자체를 신기해했고, 그 바람에 각종 신문과 잡지에 내 인터뷰가 실렸다. 심지어 방송도 나가게 됐다. 많은 이들이 관심을 가졌고, 내 삐삐는 거의 하루 종일 울려댔다.

지금 생각하면 정말 미안한 일인데, 그 중 일부가 혹시나 하는 마음으로 책을 샀던 것 같다. 그 덕분에 책은 초판 5천 부를 다 팔았다. 사장은 초판을 너무 많이 찍었다면서 2쇄를 건너뛰고 바로 3쇄를 찍었고, 나중에 4쇄까지 찍었다. 먼 훗날, 이 책이 한심한 책이라는 걸 알아채고 없앨 목적으로 책을 사들이기 시작했는데, 서점에 있는 책은 결국 절판해버렸지만 중고로 나온 것마저 다 사는 건 여간 힘든 일이 아니었다. 한 권, 두 권 책을 사면서 곱씹었다. 역시 책은 함부로 내는 것이 아니라고.

책에 빠지다

《소설 마태우스》가 아무런 의미가 없었던 것은 아니다. 열 권은커녕 한 권도 사지 않는 지인들을 보면서 세상이 참 냉정한 곳임을 깨달았다. 그러나 가장 큰 수확은 나를 책의 세계로 인도했다는 점이다. 책이 나오고 나서 극도의 흥분상태였던 난 퇴근을 하자마자 광화문에 있는 교보문고로 다시 출근했다.

내 책 옆에 서 있다가 누군가 사기라도 하면 저자 사인을 해주겠다며 일주일이 넘도록 서 있었지만, 단 한 명도 사는 사람을 만나지 못했다. 그 긴 시간이 지루한 나머지, 베스트셀러 코너에서 책을 꺼내 읽기 시작했다. 그 책들은 《소설 마태우스》가 쓰레기라는 것을 가르쳐줬고, 잘 팔리는 책은 이런 것이라며 표본을 보여줬다.

그때부터였던 것 같다. 책에 빠져들기 시작한 것이. 아버지에게 두들겨 맞고 책과 담을 쌓은 이후 20여 년이 지난 시점이었다. 닥치는 대로 읽었다. 교보문고에서 사서 보기도 했고, 당시 유행하던 도서대여점에서 빌려서 읽기도 했다. 읽고픈 작가의 책을 한꺼번에 몰아서 읽었다. 예를 들어 이번 달은 공지영 주간이다, 이렇게 정한 뒤 공작가의 책을 모조리 빌려서 읽는 것이다. 대여점 책이라 가끔 코딱지 같은 게 붙어 있었지만, 개의치 않았다. 어릴 적 죽은 줄 알았던 독서 유전자가 다시금 활활 불타올랐다. 책을 읽는 재미에 푹 빠진 나머지 틈만 있으면 책을 읽었고, 걸어가는 시간도 아까워서 걷는 동안에도 책을 읽었다.

그즈음 강준만 교수의 〈인물과 사상〉을 만났다. 지금은 월간지지만, 당시 그 책은 석 달에 한 번씩 나오는 계간지로, 보통 계간지와 달리 강교수가 책 대부분을 썼다. 그 책과 만난 계기도 좀 코미디 같다. 냄비째 끓인 라면을 먹으면서 신문지를 깔았는데, 국물을 마시려다 거기 실린 책 광고를 본 것이다. 그 책은 훗날 33권까지 이어지며 숱한 '강준만 키드'를 양산한 〈인물과 사상〉 시리즈의 세 번째 책이었다. 그 이

나는 쓰면서 성장한다

전까지 난 사회에 무관심했다. 국가와 사회가 어떻든 내게 중요한 것은 프로야구였고, 여자친구와 만나서 무엇을 할까였다. 그런 내게 그 책은 충격 그 자체였다.

책을 다 읽자마자 서점으로 달려가 그 시리즈 1, 2권을 샀다. 그 뒤부터 내 삶이 변하기 시작했다. 신문은 스포츠 면만 보던 내가 모든 면을 다 읽었고, 사설과 오피니언은 줄을 쳐가며 정독했다. 신문 4개를 그런 식으로 다 읽으니 시간이 꽤 걸렸다. 또 강교수가 쓴 책들을 모두 사서 읽었다. 강교수가 좋게 평한 사람의 책도 사서 읽었다. '책은 또 다른 책으로 이끌어주는 문'이라는 말이 실감났다.

《소설 마태우스》는 결정적으로 어린 시절 잠자고 있던 나의 독서 유전자를 활성화해주었다. 이 소설을 내지 않았다면 절대로 얻을 수 없는 황금 같은 소득이었다. 다시 그 시절로 돌아간다고 해도 첫 책을 내겠다고 생각하는 건, 잃은 것의 몇 배를 상회하는 소중한 것들을 얻어냈기 때문이다.

글쓰기가 배우자의 미모를 좌우한다

요즘 젊은이들은 카톡이나 문자메시지로 연애를 하는 것 같다. 캠퍼스 이곳저곳에서 '깨톡 깨톡' 하는 소리가 들리고, 손가락들이 쉴 새 없이 움직인다. 서로의 마음을 글로 주고받는 풍경이다. JTBC 예능 프로그램 〈마녀사냥〉은 요즘 젊은이들의 연애사를 대담하고 솔직하게 털어놓는 연애상담 프로그램이다. 남자친구 혹은 여자친구의 이해되지 않는 행동은 왜 그런 건지, 좋은 연인관계를 유지하려면 어떻게 해야 하는지, 묻고 논쟁을 벌인다.

그 프로그램에는 일반인들도 출연해서 고민을 상담하는데, 대부분 사소한 오해나 행동으로 떠나버린 연인의 마음을 돌리기 위해서 나온다. 이때 매개체로 사용하는 것이 카톡이다. 연락을 끊어버린 연인에게 관계를 다시 이어줄 카톡을 보내는 것인데, 신동엽을 비롯한 패널과 초대손님까지 일반인 출연자를 위해 글을 만드는 데 혈안이 된다.

나는 쓰면서 성장한다

자존심을 구기지 않으면서도 위트 있게 상대에게 내 마음을 전하고, 상대방이 답장하지 않고는 못 배기게 하는, 문장 몇 줄! 어쩌면 그 출연자는 그때 보낸 문장 몇 줄로 평생의 반려자를 얻을 수도 있다.

내가 젊은 시절에는 편지가 카톡의 역할을 대신했다. 나 역시 편지의 덕을 톡톡히 본 케이스다. 난 누가 봐도 못생겼다. 그걸 너무 잘 알고 있기에, 중학교 시절부터 길을 걸을 때 늘 고개를 푹 숙인 채 다녔다. 내 얼굴을 보고 여학생들이 놀랄까 봐 그런 행동을 취한 것인데, 그렇게 하길 잘했다는 걸 대학에 가고 나서야 알았다.

미팅이라도 나가면 내 얼굴을 본 여대생들은 깜짝 놀라곤 했다. 겉으로 놀란 체 하지 않으려고 애쓰는 모습을 보는 것도 마음 아팠다. 한 여학생은 도저히 못 참겠는지, 주선해준 분이 "그럼 둘이 얘기해."라며 자리를 뜨는 순간 주선자의 팔을 황급히 붙잡더니 이렇게 말했다.

"언니, 잠깐만 기다려요. 금방 일어날게요."

만난 지 5분도 안 되어 "금방 일어날게요."라고 말하는 파트너라니, 내 생각은 전혀 안 한 게 분명했다. 어떤 분은 내 얼굴을 보면서 한숨을 짓더니 다짜고짜 "우리 그만 일어나죠."라고 했던 적도 있다.

역사 속에서 못생긴 사람은 언제나 있었고, 그들 역시 이성을 만나 자신의 유전자를 후대에 남겼다(내가 태어난 것도 그 덕분이다). 그들이 그럴 수 있었던 것은 다들 나름대로 한방이 있었기 때문이겠지만, 그 중 일부는 편지를 썼다. 자신의 외모가 부끄러워 여자 앞에 직접 나서지 못한 채 다른 남자의 이름으로 편지를 썼다는 희곡 〈시라노〉도 실화에 근거한 것이었듯이 말이다.

내 경우도 그랬다. 외모에 자신이 없으니 편지로 접근하는 게 유일한 방법이었다. 실제로 내가 젊은 시절 사귀었던 여자들은 대부분 편지에 넘어간 사례다. 당시 내가 편지를 무척 잘 썼던 것은 아니었지만, 편지를 읽은 여자들은 내가 사슴과 같은 내면을 가졌다는 것을 알게 됐고(?), 목마른 사슴에게 따스한 손을 내밀어주기도 했다.

○

편지를 써야 하는 이유

내 인생에서 편지가 가장 빛을 발한 건, 역시 결혼하고 난 이후다. 대부분의 남편들은 아내한테 사랑한다는 말을 하지 못한다. 마음으로야 사랑하지만 막상 말로 하기 어려운 게 그 말이잖은가. 실제로 많은 사람들이 죽기 직전이나 돼서야 사랑한다고 고백한다. 그 좋은 말을 평소에 즐겨했다면 가정생활이 훨씬 화목했겠지만, 화목하고 싶은 마음도 쑥스러움을 이기지 못하나 보다.

이럴 땐 편지를 써보자. 글이라는 게 참 묘해서, 말로 못하는 것도 글로는 가능해진다. 나는 1년에 서너 차례씩 아내에게 편지를 쓰는데, 지금도 신혼 같은 생활을 유지하는 건 다 그 덕분이다. 쑥스럽지만 아내에게 쓴 편지를 살짝 공개해볼까 한다.

사랑하는 여보!

…이번 크리스마스는 여보와 함께 보내는 여섯 번째 크리스마스네

요. 나이가 들수록 이런 명절스런 날의 설렘이 줄어들지만, 당신과 함께하는 크리스마스는 잃어버린 설렘을 다시 찾게 만들기 충분합니다. 여보는 제게 크리스마스의 구원자입니다. 혼자이던 시절엔 성탄절마다 대체 이 날을 누구와 어디서 무엇을 하면서, 어떻게 보내야 할지 늘 고민이었어요.

누군가 만나야 한다는 강박관념에 시달리고, 그러다 보면 괜히 원하지도 않는 사람과 만나게 되고, 그럼 집에 오는 길이 우울하고, 그랬던 게 지난 나날이었답니다. 하지만 지금은, 아무것도 안 해도 여보와 같이 있다는 게 참 좋네요. 그러니 여보가 제 크리스마스의 구원자인 거죠.

(중략)

우리가 일곱 번째로 맞는 내년 크리스마스는 과연 어떨까요? 내년쯤엔 우리가 어떤 사람들이 되어 있을까요? 그때쯤엔 차 할부금을 다 갚았을까요? 내년에 내는 책이 베스트셀러가 될까요? 여보는 그때쯤 갤럭시 노트 신형으로 전화를 받고 있을까요? 여러 가지 것들이 궁금한 것, 이게 바로 인생이 살아볼 가치가 있다는 얘기겠죠. 우리 앞에 어떤 일들이 펼쳐질지 모르겠지만, 여보와 함께라면 얼마든지 재미있게 헤쳐 나갈 수 있을 거예요.

늘 감사드리고, 늘 사랑합니다.

2012년 크리스마스에 여보의 남편, 민이가.

2013년 결혼기념일엔 선물과 함께 이렇게 편지를 써서 아내에게 건넸다.

…당신과 선본 날, 얘기하다 보니 어느덧 밤 열한시였지요. 당신은 차를 타고, 저는 택시를 타고 각각 집에 갔습니다. 집에 도착해서 안부문자를 보낼까 말까, 십여 분 동안 고민했습니다. 그 무렵 저는 어머니의 강요로 여러 여자와 선을 봤답니다. 개중엔 저에게 호감을 갖는 여자도 있었고, 누가 봐도 괜찮은 여자도 많았지만 다시 연락한 적은 없었습니다. 결혼하지 않기로 마음먹은 제 의지가 강철만큼 단단해서였지요.

당신을 처음 만난 순간에 그 두꺼운 강철이 단숨에 녹아내리는 걸 느꼈습니다. 당신의 엄청난 미모는 제가 지금까지 살아오면서 한 번도 경험하지 못한 그런 것이었어요. 그 미모에 마음을 송두리째 빼앗긴 것을 부인하지 않겠습니다. 게다가 당신과 얘기하는 것도 매우 재미있었죠. 약간 무섭기는 했지만 당신과 함께라면 어떤 난관도 극복할 수 있다고 생각했어요. 그래서 결국엔 문자를 보냈지요. "잘 들어가셨어요?"라고요. 그간 유지해온 제 삶이 바뀌는 걸 원하지 않는 마음도 있었지만, 이 기회를 놓치면 당신 같은 여자를 다시 못 만날 거라는 것도 잘 알았기 때문이지요.

그리고 5년 전 오늘, 당신과 저는 늘봄공원에서 평생 사랑하며 살기로 수많은 하객들 앞에서 약속을 했지요. 제가 기생충학을 택한 것 이상으로, 당신과 함께하기로 한 결정을 정말 잘한 결정으로 생각합니다. 지난 5년을 어찌나 즐겁게 보냈는지 제 머리를 차지하던 나쁜 기억들이 하나둘씩 밀려나고 머리가 깨끗이 정화된 느낌이에요. 어릴 때 말할 친구도 없고 담임에게 미움 받았던, 서러운 기억들이 가득 들어 있었거든요. 그게 다 사라지는 느낌입니다. 이런 식이라면 10주년, 20주년도 정말 즐겁게 살아갈 수 있으리라 확신하게 되네요.

그간 제가 건강상의 이유로 당신을 힘들게 한 것도 가슴이 많이 아픕니다. 좀 잘해줘야 할 텐데, 몸이 골골해 간병만 시켰네요. 제가 아플 때마다 옆에 있어준 당신께 고마워하는 만큼, 앞으로는 건강하게 살면서 당신을 즐겁게 하리라고 결심합니다. 이런 날 돈을 벌겠다며 집에 없어서 정말 미안합니다.

하지만 여보, 당신은 알고 있죠. 제가 당신을 세상에서 가장 사랑한다는 걸.

늘 고맙고, 늘 사랑합니다.

사람들은 궁금해한다. 아내가 저렇게 예쁜데 왜 당신이랑 계속 살고 있냐고. 그때마다 이렇게 답하곤 한다. 얼굴보다 중요한 건,

편
·
지
·
라
·
고

미라와 기생충,
국제 학술지에 논문이 오른 사연

글쓰기 강의를 할 때, 이런 질문을 하는 학생이 있었다.

"선생님, 저는 이과인데 왜 글을 잘 써야 하는 거죠?"

이 학생의 생각이 유별난 것은 아니어서, 과학과 글쓰기는 하등 관계없다고 생각하는 사람들이 많다. 과학에는 창조적인 아이디어나 반드시 진실을 밝히겠다는 굳은 의지가 중요하지, 글이 도대체 과학과 무슨 상관이냐는 것이다. 그런 생각이 틀린 것은 아니지만, 과학에서 글쓰기의 비중은 결코 낮지 않다. 문과 출신들이 회사에 들어가서 쓰는 기획서가 남을 설득하기 위한 것이듯, 과학자들도 다른 이를 설득하기 위해 글을 써야 할 때가 많다.

연구비 계획서가 그렇다. 물론 신청자가 내놓은 아이디어와 기존에 쌓은 업적이 연구비 선정에 중요한 요소로 작용하지만, 눈에 띄게 두드러지는 아이디어가 아니라면 고만고만한 것들 중 더 뛰어난 게 무엇인지 세심하게 평가하기는 쉽지 않다. 신청서의 내용이 심사자가 잘 모르는 분야라면 더욱 난감하다. 따라서 다른 조건이 비슷하다면 연구비를 받아내는 것은 글쓰기에 달려 있다고 해도 과언이 아니다. 즉 자신이 하려는 연구가 무척 중요한 것이라고 포장하는 능력이 연구비 선정을 좌우한다는 얘기다. 예를 들어 우리나라에 들어온 외국인근로자의 기생충감염 실태를 조사한다고 해보자.

외국인근로자들은 기생충이 얼마나 있을까? 기생충이 많은 나라에서 왔을 테니 내국인보다 기생충이 더 많을 것 같다. 다른 할 일도 없고 하니 외국인근로자의 기생충 감염률을 조사해보면 좋겠는데, 조사할 돈이 없네? 달라고 할 수도 없고, 이것 참.

외국인근로자의 기생충조사는 일본이나 대만 등 웬만큼 사는 나라에서는 국가적 차원의 조사가 심심치 않게 이루어지는, 당연히 해야할 연구다. 그런데도 저런 식의 어조로 돈을 달라고 하면, 내 돈이 아닌데도 주기가 싫어진다.

외국인근로자들이 많이 들어와 있다. 그 사람들은 기생충이 많은 나라에서 왔으니 내국인보다 기생충이 많을 것이다. 그들에게 기생충이 있다는 얘기는 당사자들이 기생충 때문에 고생하느라 일을 잘 못하는 불이익을 받기도 하지만, 그들의 변을 통해 우리나라에서는 이미 멸종

한 기생충이 재유행하는 사태를 불러일으킬 수 있다. 실제로 기생충이 없던 지역인 ○○에서 대규모 회충 감염자가 발생한 것은 외국인근로자의 기생충관리가 얼마나 중요한지를 말해준다. 따라서 이에 대한 조사가 이루어져야 한다.

이처럼 보다 체계적이고 논리적인 추리로 꼭 필요한 연구임을 포장해야 한다. 실제 연구비 계획서는 오히려 더 살벌하다. 사람들이 쓴 계획서를 읽다 보면 '나한테 연구비를 주지 않으면 우리나라가 망할 수도 있다'느니 '인류가 석기시대로 후퇴할지도 모른다'는, 무시무시한 협박도 있는데 이런 협박을 세련되게 구사하는 것이야말로 글쓰기 실력이고, 실제로 세련되게 표현한 협박에 점수를 더 주기도 한다.

○

논문과 글쓰기

논문도 마찬가지다. 연구를 통해 얻은 결과는 논문으로 쓰여야 학위를 받거나 학술지에 실릴 수 있는데, 자신의 성과를 논문으로 쓰는 일은 생각보다 쉽지 않다. 논문도 일종의 글쓰기이기 때문이다. 실험만 잘하면 논문도 잘 쓸 수 있는 게 아니냐고 할지 몰라도, 실험을 잘하는 것과 논문을 잘 쓰는 것은 완전 별개의 일이다.

인터넷을 검색해보면 "실험은 끝났는데 논문을 못 쓰겠어요."라며 고충을 토로하는 사연이 많은데 그 이유도 우리나라에서 글쓰기 교육이 제대로 이루어지지 않아서다. 거칠게 말하자면 실험을 통해 얻은 결과는 상품이고, 논문은 그 상품을 포장해서 판매하는 행위다. 시장에서 물건을 파는 아저씨들을 떠올려보시라.

"이 라이터로 말할 것 같으면 휴대가 간편하고 일단 켜지기만 하면 아무리 바람을 불어도 꺼지지가 않아. 게다가 여자들한테 인기가 좋아서 이 라이터 하나만 선물하면 바로 넘어와."

맛깔나게 선전을 해야 사람들이 지갑을 연다. 논문도 비슷한 측면이 있다. 자신이 얻은 결과를 멋지게 포장해서 학술지에 실어달라고 요구하는 행위, 그게 바로 논문쓰기의 핵심이고, 이런 포장술에 필요한 것이 글쓰기 실력이다. 하지만 글쓰기는 단기간에 배울 수 있는 게 아니다. 내 지인 중 한분은 "우리나라가 과학강국이 되려면 과학자에게 논문 잘 쓰는 법을 가르칠 것이 아니라 문학도들에게 과학을 가르쳐야 한다."고 말하곤 했다.

실제 논문을 예로 들어보자. 경남 하동에서 서른 살 정도로 보이는 여성 미라가 발견됐다. 참고로 그 미라는 400년 이전에 죽은 양반집 사람으로, 좋은 묘를 쓰는 바람에 시체가 썩지 않고 미라로 남았다. 그 여인의 미라에서 태아의 뼈가 발견됐는데, 처음에는 이 여인이 출산하다 사망했을 것으로 추정했다. 하지만 미라의 간과 폐, 그리고 내장에서 폐디스토마 알이 잔뜩 발견되면서, 애를 낳다가 사망했다기보다 임신한 상태에서 폐디스토마에 감염돼 죽었을 확률이 더 높다고 가정했다. 자, 이제 논문을 어떻게 써야 할까. 초보자라면 이렇게 쓸 확률이 높다.

경남 하동에서 발견된 400년 된 여성 미라에서 폐디스토마 알이 나왔다. 따라서 이 여인의 사망 원인은 폐디스토마인 것으로 추정된다.

폐디스토마는 민물게나 민물가재를 먹어서 감염된다. 따라서 "아마도 이 여인은 살아생전 민물가재나 게를 많이 먹었을 것이다."라고 추가해주면 더 이상 할 얘기가 없다. 물론 미라에서 폐디스토마가 나왔다는 것은 그 자체로 흥미로운 소재라서 학술지에 실릴 수는 있겠지만, 권위 있는 학술지에 실리기는 어렵다.

이럴 때 글재주가 필요하다. 일단 글감을 모아보자. 글감이 있어야 이야기의 얼개를 짜는 게 쉬워진다. 해당 가문의 족보를 조사한 끝에 다음과 같은 사실을 알아냈다.

이 여인은 양반가문의 두 번째 부인이었다. 첫 번째 부인이 아이를 낳지 못하자 이 여인이 두 번째 부인으로 들어와 아들 셋을 낳았는데, 딸이 족보에 기록이 안 됐던 현실을 감안해본다면 딸도 두 명 정도 낳았을 것 같다. 이렇게 쉬지 않고 아이를 낳던 여인은 하나를 더 낳기 위해 임신을 했다가 폐디스토마에 걸려 죽었다.

폐디스토마는 민물가재나 민물게장을 먹어서 걸린다. 경남 하동은 요즘도 폐디스토마가 제법 보고되는 곳이니, 민물게가 창궐했던 조선시대에는 폐디스토마가 더 유행했을 것이다.

그런데 이렇게 무미건조하게 쓰면 관심을 끌 수 없다. 그래서 난 게 대신 가재를 선택해 논문을 쓰기로 했다. 홍역 때 가재즙을 먹어 치료

했다는 민간요법이 있는 것처럼, 문헌을 찾아보니 그 당시에는 가재즙이 보양식 역할을 했단다. 귀한 아이를 임신한 여인이 힘을 내기 위해 가재즙을 먹는 것은 자연스럽게 느껴진다. 물론 그 여인이 가재를 먹었는지 게를 먹었는지 알 수 없으나 심사자의 이목을 끌기 위해 요령을 발휘해보는 것도 나쁘진 않다. 그렇게 해서 완성된 논문은 다음과 같다.

아들을 낳기 위해 씨받이로 들여온 여인이 자손이 귀한 가문의 저주를 끊기 위해 죽자고 애만 낳았다. 그런데 마지막 아이를 임신했을 때 여인은 몸이 그다지 좋지 않았다. 여인이 시름시름 앓는 것을 걱정하던 시어머니가 보양식 차원에서 가재즙을 구해줬는데, 그 가재즙에는 폐디스토마의 유충이 잔뜩 들어 있었다. 폐디스토마는 폐는 물론이고 여인의 간과 내장까지 모두 점령했고, 여인은 출산을 며칠 앞두고 죽고 말았다. 아, 그놈의 자식이 뭐라고 이 여인을 죽음으로 내몰았는가!

약간 과장이 있긴 하지만 논문을 이렇게 썼더니 외국에서 큰 관심을 보였다. 특히 가재즙이 보양식이라는 얘기에 흥미를 보였다. 폐디스토마가 아시아 지역에만 주로 발생하는 관심 밖의 기생충이라 매우 좋은 학술지에 실리지는 못했지만, 영국고고학학술지에서 이 논문을 받아줬고, 덕분에 나는 기생충학회에서 학술상을 받을 수 있었다.

오버는 하지 말자

철새의 기생충에 대해 연구한 적이 있었다. 철새 기생충이 중요한 것은 이 녀석이 우아한 날갯짓과는 달리 세계 각국에 기생충을 전파하는 주범이기 때문이다. 실제로 철새의 똥을 검사해보면 기생충이 안 나오는 개체가 없을 정도다. 그러니 철새를 한 마리 얻으면 그 자체로 논문이 된다.

친분이 있는 조류학자가 우리나라를 경유하는 철새 한 마리를 구해줬다. 우리나라로 날아온 철새 중 체력 약한 것들이 죽은 채로 남겨진 것이다. 그 철새를 해부하며 기생충을 연구했는데 난생 처음 보는 기생충을 발견했다. 기생충학자의 기쁨 중 하나가 아직까지 누구에게도 발견되지 않은 새로운 종을 찾아내 자신이나 아내, 혹은 은사님의 이름을 붙이는 것이다. 그런 부푼 꿈을 안고 문헌을 뒤지던 중 브라질에서 이번 것과 똑같이 생긴 기생충을 찾아서 논문으로 썼다는 사실을 알게 됐다. 이럴 경우, 어떻게 논문을 써야 할까. 편의상 이 기생충을 서민디스토마라고 하자.

우리나라에 오는 철새인 도요새의 내장에서 서민디스토마를 찾았다. 이 서민디스토마는 브라질의 도요새에서 발견된 적이 있는데, 이번이 두 번째 발견이다.

과학적으로 쓸 만한 얘기는 다 쓴 것 같지만, 뭔가 부족해 보인다.

실제로 이렇게 쓰면 학술지에서도 반기지 않는다. 오히려 이런 반문을 할 수도 있다. "그래서 뭐 어쩌라고?" 그래서 나는 이렇게 썼다.

우리나라에 오는 철새인 도요새가 죽은 채로 발견됐다. 그 내장을 조사했더니 이럴 수가! 생전 처음 보는 디스토마가 발견됐다. 이름을 무엇으로 붙일까 고민하면서 혹시 다른 나라에서 발견된 적은 없는지 찾아봤다. 그랬더니 세상에, 브라질에서 이 기생충이 이미 발견됐고, '서민디스토마'라는 이름까지 붙었다는 걸 알게 됐다. 이게 어떻게 된 일일까? 브라질에서 여름을 보낸 철새는 남미에, 겨울이 찾아오자 따뜻한 곳을 찾아 날갯짓을 했고, 결국 시베리아로 오게 됐다. 그곳에서 그 철새는 자신의 기생충을 다른 철새들에게 골고루 나눠줬다. 시베리아의 여름이 끝나자 철새들 중 일부는 브라질로, 나머지 일부는 호주로 날아갔는데, 호주로 가는 새들은 우리나라를 경유해서 갔다. 그 새 중 체력이 약했던 한 마리가 우리나라 해안에 도착하자마자 그만 죽고 말았는데, 거기서 서민디스토마가 발견된 것이다. 브라질은, 한국에서 지구 중심으로 땅을 파면 나오는 곳이 바로 브라질이다. 지구 반대쪽에 있는 머나먼 나라와 우리나라가 기생충을 통해 연결되는 이 아름다운 광경에 나는 넋을 잃는다. 전 세계는 기생충으로 하나가 된다. 위아 더 월드we are the world!

앞부분에서 '죽은 채 발견됐다.'는 구절을 강조한 이유는 혹시 불법으로 철새를 잡은 게 아니냐는 의심을 피하기 위해서다. 이어 브라질과 우리나라가 얼마나 먼 나라인지 새삼 강조했고, 그럼으로써 기생충

을 통한 한국과 브라질의 우정이 얼마나 기적 같은 일인가를 나타내고
자 했다.

안타까운 점은 이런 아름다운 내용을 담은 논문을 외국 학술지에서
좋아하지 않았다는 사실이다. 논문이 마음에 안 들어도 "많이 고쳐서
다시 내세요."라고 판정할 수 있는데, 이 논문은 "귀하의 논문을 우리
학술지에 절대로 실을 수 없습니다."라고 못을 박은 걸 보면, 이 논문에
감동한 사람은 나밖에 없었던 모양이다.

논문을 쓰려면 어느 정도 포장이 필요하지만, 돌이켜보니 이 논문은
그게 너무 심했던 듯하다. 똑같은 기생충이 브라질과 한국에서 동시에
발견됐다고 해서 '기생충을 통한 한국과 브라질의 우정' 운운하는 건 과
학을 하는 사람들에게 생뚱맞은 얘기로 들릴 수 있다. 문학이라면 모
르겠지만, 과학은 문학이 아니다. 비록 거절당하긴 했어도, 포장은 필
요하고 그것 역시 글쓰기의 한 방법임을 명심하자.

○

과학교양서의 부족

2013년 1월 15일, 통계청은 초등학생과 중학생의 장래희망 순위를 발
표했다. 초등학생은 운동선수(17%), 교사(13%), 연예인(10%) 순이었고,
중학생은 교사(11.6%), 의사(9%), 연예인(6%) 순으로 꼽았다. 안정을
상징하는 공무원이 초등학생에게 9위(2%), 중학생에게 4위(6.7%)를 차
지해 잔잔한 충격을 줬던 이 조사에서, 내가 주목한 점은 두 집단 모두

에서 과학자가 10위 안에 들지 못했다는 사실이다.

중학생들이 의사를 2위로 꼽기는 했지만, 그들이 말하는 의사는 그저 돈을 많이 버는, 이미지로서 의사일 뿐 과학자로 보기는 어렵다. 정확한 통계는 아닐지언정 내가 초등학교에 다닐 때는 과학자가 1, 2위를 다투었던 기억이 나는데, 지금 아이들에게 과학자는 그다지 매력이 없는 직종이라는 게 놀라웠다.

과학자를 꿈꾼다고 모두 과학자가 되는 것은 아니지만, 과학자가 되고 싶은 아이가 없다는 것은 우리나라 과학의 앞날이 그리 밝지 않음을 짐작하게 한다. 이유는 여러 가지일 것이다. 과학을 해서 대학에 자리를 잡는 게 쉽지 않은 현실도 그렇고, 과거처럼 라디오를 조립하면서 노는 아이들이 드물어지고 스마트폰이 대세가 된 것도 이런 현상을 부추겼으리라.

하지만 아이들에게 과학의 재미를 알려주는 좋은 과학교양서가 많이 나오지 않는 것도 아이들이 과학자의 꿈을 꾸지 못하는 한 가지 이유가 되지 않을까 싶다. 실제로 우리나라는 양질의 과학교양서가 부족한 편이다. 왜 그럴까? 부산대 공대 교수인 조환규의 칼럼은 다음과 같이 지적한다.

"과학교양서가 부족한 가장 큰 이유는 책이 능력 척도로 온전히 평가받지 못하는 데 있다."

이게 무슨 말일까. 과학자 대부분이 대학에 적을 두고 있는데, 대학 교수를 평가하는 기준은 연구비를 얼마나 많이 받는지와 좋은 논문을

　나는 쓰면서 성장한다

얼마나 많이 쓰는지에 달렸다. 대중을 상대로 쓴 과학교양서는 교수 평가에 영향을 미치지 못한다. 우리 학교를 예로 들어보자. 외국 학술지에 단독으로 논문을 실으면 업적점수 300점을 준다. 반면 과학교양서를 쓰면 겨우 50점밖에 주지 않는다. 교수가 매년 만들어야 하는 업적점수는 300점 내외로, 논문 한 편만 쓰면 그 해 농사는 다 지은 셈이다. 과학교양서를 써서는 업적점수에 턱도 없으니 노력을 쏟지 않는 것이 당연하다.

교수들 사이에서도 과학교양서에 대한 평가는 비슷하다. 〈네이처〉 등에 논문을 싣는 교수는 모두 우러러 보지만, 《서민의 기생충 열전》으로 기생충계를 평정한(?) 교수에게는 존경을 표하지 않는다. 한마디로 과학교양서를 쓸 동기부여가 안 된다. 하지만 교수들 중에 과학교양서를 쓰고자 하는 교수를 꽤 많이 봤다. 그런데도 그들이 책을 내지 못하는 것은, 대중들의 눈높이에 맞는 글쓰기를 못하기 때문이다.

마이클 크라이튼 정도의 글쓰기 실력을 가지고 있다면 어떤 교수가 과학교양서를 마다하겠는가. 장르는 다를지언정 《아프니까 청춘이다》를 통해 젊은이의 멘토로 등극한 김난도 교수를 한번쯤 부러워해보지 않은 교수는 별로 없을 것이다. 그런데 어찌하랴. 대중들이 재미있어할 만한 글을 쓰지 못하는데….

수십 권의 과학교양서를 냈고, 또 그 책들을 모조리 스테디셀러로 만든 최재천 교수(이화여대)나 아무리 봐도 천재 같은 정재승 교수(KAIST)가 예외로 느껴질 정도로 우리나라 교수의 과학교양서 세계는 빈약하기 짝이 없다. 그래서 이런 악순환이 성립한다. 하나, 우리나라 과학자들은 글을 못 쓴다. 둘, 우리나라에는 좋은 과학교양서가 나오지 않는다. 셋, 젊은이들의 멘토가 될 만한 스타과학자가 드물다. 넷, 아이들이 과학자가 되려는 꿈을 갖지 않는다. 다섯, 우리나라 과학이 점점 뒤처지게 된다.

우리나라 과학자가 노벨과학상을 탄다면 과학 붐이 일어날 수 있겠지만, 그런 일회성 이벤트보다는 아이들에게 꾸준히 과학적 영감을 불러일으키는 시스템이 필요하다는 점에서 과학교양서가 많이 나와야 하고, 그러기 위해서 과학자들의 글쓰기 훈련이 선행되어야 한다. 모든 게 다 마찬가지겠지만, 글쓰기 역시 훈련으로 얼마든지 향상될 수 있다.

두 권의 책을 연달아 말아먹다

한 전문가가 자신이 몸담은 분야를 일반인의 눈높이로 기술한 것을 대중서라고 한다. 대중서가 필요한 이유는 뭘까. 분업화된 현대사회에서 살다 보면 자기 분야 이외에는 잘 모를 수밖에 없다. 물론 모든 분야를 다 알아야 하는 것은 아니지만, 그게 우리가 살아가는 데 조금이라도 영향을 미치는 분야라면 어느 정도의 이해는 필요하다. 그 분야를 잘 몰라 일반대중이 피해를 볼 수도 있고, 대중의 무지를 틈타 이익을 취하려는 불순한 세력도 생길 수 있으니 말이다. 대중서로 그 분야에 대한 국민적 이해가 증진된다면, 그 분야에서 겪는 어려움을 타개할 기회가 마련될 수 있다.

예를 들어 우리나라는 세계에서 가장 콘돔을 잘 만드는 나라이며, 전세계 콘돔 사용량의 3분의 1 이상을 점유하고 있다. 튼튼하면서도 두께가 얼마나 얇은지, 착용을 해놓고도 안 했다고 착각하는 사람이 많을 정도로 품질이 뛰어나다.

그런데도 우리나라는 OECD 국가 중 콘돔에 대한 거부감이 가장 높은 나라이며, 그나마 콘돔을 쓰는 사람도 잘못된 편견에 얽매여 일본 제품을 선택한다. 이럴 때 콘돔이 왜 필요한지, 세계에서 한국산 콘돔의 위상이 어떤지에 대해 설득력 있게 기술한 대중서가 있다면 국내 콘돔업체들의 판매량이 늘어나고, 국민건강 측면에서도 바람직하다.

구충제로 치료하는 기생충이 거의 멸종 단계에 이르렀지만, 시시때때로 구충제를 먹는 사람이 많다. 약국에서는 '우리 아이들 밥 주면 뭐해요? 기생충이 다 먹는데!'라는 선정적 문구로 구충제 복용을 독려한다. 구충제값이 그리 비싸지 않고, 부작용도 크지 않지만, 그렇지 않아도 약을 과다 복용하는 경향이 있는 우리 국민들에게 추가로 먹는 구충제는 부담스러울 수 있다. 이럴 때 읽기 쉽고 정확한 정보를 제공하는 기생충 대중서가 있다면 책을 읽은 사람이 "구충제 먹을 필요 없다는데…."라고 말할 수 있으니 그 가족들과 주변 사람들의 안녕도 보장해줄 수 있다.

대중서가 필요한 분야가 많겠지만 기생충학 역시 대중서가 시급한 분야였다. 많이 줄긴 했어도 우리나라에는 전 국민의 3%에 해당하는 150만 명의 기생충 감염자가 있고(이 기생충 대부분은 약국에서 파는 구충제로 듣지 않는다), 기생충에 걸린 게 아닌지 걱정하는 수많은 사람들이 존재한다. 따라서 기생충에 대한 대중서가 나와도 벌써 몇 권은 나왔어야 하건만, 기생충학자들 중 일반인을 상대로 책을 쓴 교수는 단 한 명도 없었다.

나는 쓰면서 성장한다

'내가 아니면 누가 하겠냐'는 생각을 한 것도 무리는 아니었다. 하지만 우리 사회에서 필요한 것은 '제대로 된 대중서'였지 '막 쓴 대중서'는 아니었다. 내가 쓴 대중서 두 권이 철저히 외면 받고, 심지어 '최초의 기생충 대중서'로 인정받지 못한 것은, 제대로 된 대중서가 아니었기 때문이다.

기생충 대중서, 최초이자 최초가 아니다

2002년 나온 《기생충의 변명》은 말 그대로 기생충에 대한 일반인들의 오해를 풀고자 쓴, 국내 최초의 대중서다. 그때는 독서를 시작한 지 벌써 6년째라 글쓰기 실력도 꽤 향상됐을 무렵이었다. 게다가 인터넷 시내가 개막되면서 비밀 홈페이지를 개설해, 글을 쓰면서 스스로를 채찍질하고 있었다. 잘만 쓰면 나름대로 의미를 가진 책이 될 수 있었건만, 이 책은 여러 문제점을 안고 있어 독자에게 철저히 외면 받았다.

《기생충의 변명》은 순수한 동기로 기획된 대중서가 아니었다. 고백하건대 출간 의도가 불순했다. 대학교수에게는 빼먹지 않고 성실하게 강의할 것과 일정 편수만큼 논문을 쓰는 것이 요구된다. 전자야 대부분 지켜지지만, 교수들 중에 후자 때문에 고생하는 경우가 많다. 나 역시 논문 점수가 모자라서 경고를 받기도 했다.

논문을 쓰려면 수개월의 연구와 그 결과를 논문으로 쓰는 과정이 필요한데, 그 당시 논문을 쓸 여건이 되지 않았기에 모자라는 점수를 어떻게 채울지 고민하다, 책을 쓰는 것에 생각이 미쳤다. 그때 우리 학교 교수가 1년에 채워야 할 논문 점수는 150점으로, 학술서 한 권은 250점, 대중서 한 권은 50점을 줬다. 어차피 대중서에 뜻이 있었으니 이참에 대중서를 출간해 50점이라도 받자는 생각이 자연스럽게 떠올랐다.

문제는 시간이 촉박했다는 점이었다. 빨리 점수를 만들지 않으면 학교에서 해임 통보를 해올 수도 있었기에, 차분하게 앉아서 글을 쓰는 대신 기존에 쓴 글을 긁어모아 책을 내야 했다. 당연히 구성이 형편없었다. 특히 마지막 네 번째 파트에서는 책의 주제와 상관없는 폐암, 제왕절개, 비타민 C, 사후피임약, 광우병 등의 이야기가 줄줄이 이어졌는데 이건 단지, 긁어모은 글들로 책 한 권 분량을 만들려고 아무것이나 갖다 붙인 것에 불과했다.

유명작가라면 이런 식으로 책을 내도 괜찮을 수 있다. 출판사 동문선 대표 신성대 씨는 출판사를 막 시작하자마자 "이외수 씨와 연결시켜 주겠다."는 사기꾼의 말에 속아 출판자금을 모두 날린다. 신씨는 마지막 희망을 품고 이외수 씨 집에 찾아갔고, 이외수 씨는 "이 사람, 내가 안 도와주면 정말 죽겠구나." 싶어 창고에 버려둔 원고들을 모아서 그에게 준다.

이렇게 탄생한 책이 《말더듬이의 겨울수첩》이다. 이 책은 30만 부가 팔려 신씨의 생명을 구했을 뿐더러 동문선을 굴지의 출판사로 만들었다. 그러나 이건 어디까지나 유명작가의 얘기일 뿐, 지명도도 없는 내가 그때그때의 상념들을 모아 책으로 낸 게 성공할 리 없었다.

더군다나 《기생충의 변명》을 낼 때, 나는 자만했다. 기생충에 관한 한 일반인보다 훨씬 많이 안다고, 전문 지식 없는 일반인들이 읽어야 하니 내가 아는 범위 내에서 알기 쉽게 쓰자고, 그래서 나는 참고문헌 한 권도 없이 그냥 생각나는 대로 글을 썼다. 하지만 위 전제들은 틀렸다. 기생충학자라고 해서 일반인보다 많이 안다고 단정할 수 없다. 나중에 인터넷 사이트를 다니다 보니 기생충에 대해 해박한 지식을 자랑하는 분들이 한둘이 아니었다.[1]

두 번째 전제는 그 자체로 틀린 건 아니지만, 쉽게 쓴다는 것이 아주 기초적인 지식을 전달해야 한다는 말은 아니다. 전문적인 지식을 전달하되 그걸 일반인도 이해할 수 있도록 쉽게 쓰는 것을 뜻했다. 그것이야말로 진정으로 쉽게 쓰는 것을 의미한다. 아쉽게도 이 진리를 나중에야 깨달았고, 이 깨달음을 바탕으로 《서민의 기생충 열전》을 쓰지만, 《기생충의 변명》은 민망하리만치 얕은 지식을 전달하는, 내나 마나 한 책이 되었다.

그럼 이 책에 긍정적인 부분이 있을까. 제일 먼저 꼽을 점은 제목이다. 서울에서 천안으로 가는 기차 안에서 갑자기 생각한 이 제목은 지금 봐도 괜찮다는 느낌이 들 정도로 좋다. 내가 기생충학을 전공한 것도 기생충에 대해 변명을 하고자 했던 것이 아니었던가.

베스트셀러가 되는 조건을 흔히 3T로 표현하는데, 그건 시대^{timing}, 구매대상^{target}, 그리고 제목^{title}이다. 즉 좋은 제목은 좋은 책의 필수조건이

---

[1] 그 와중에 byontae라는 필명으로 블로그를 운영하는 분을 알게 됐다. 그분이 쓴 글들을 읽다 보니 감탄이 나왔다. 내가 그렇게 바라는, 전문적인 지식을 유려한 필체로 풀어낸 글을 쓰고 있었으니까. 나중에 알고 보니 byontae님은 영국에서 기생충학을 전공한 정준호라는 분이었고 훗날 《기생충, 우리들의 오래된 동반자》라는, 괜찮은 기생충 대중서를 집필한다.

라 할 만하다. 예컨대 스밀라라는 여성이 의문의 살인사건을 둘러싼 음모에 휘말린다는 내용의 책 제목은《스밀라의 눈에 대한 감각》이다. 서머싯 몸의《달과 6펜스》는 저자의 설명에 의하면 이런 것이란다. "달을 잡으려고 손을 뻗다가 발밑의 6펜스를 놓친다는 뜻이다." [2] 정말 멋지지 않은가.

또 하나 긍정적인 부분은 장르를 제대로 정했다는 점이다. 이전 책들은 에세이와 소설이 섞인 잡탕이었다. 일반적으로 에세이는 이름난 사람들이 쓰고, 소설은 어느 정도 훈련이 된 사람이 쓸 수 있는 장르인데 두 장르 모두 내가 도전하기엔 버거운 것들이었다. 내가 성공할 가능성이 높은 분야는 내 전공인 '기생충' 관련 대중서일 것이다. 그런 점에서《기생충의 변명》은 기획만 잘 됐다면, 좀 더 체계적으로 썼다면, 괜찮은 책이 될 수도 있었다. 하지만 이 책은 처절하게 실패했고, 사람들은 이 책 대신 2005년에 나온 칼 짐머의《기생충제국》을 '국내 최초의 기생충 대중서'로 꼽는다.

○

두 번째 책,《대통령과 기생충》

2002년 가을, 나는 인터넷신문 딴지일보 기자가 된다. 기자를 시켜달라고 조른 적도 없고 그곳에 원서를 낸 적은 더더욱 없지만, 어느 날

---

[2] 《제목은 뭐로 하지》, 앙드레 버나드 저·최재봉 옮김, 모멘토, 2010년.

이메일로 딴지일보 기자증이 전송돼 왔다. 그 밑에는 지령이 있었다.

'조속한 시일 내에 기사를 써서 이 주소로 보내라.'

황당하긴 했지만 기분이 나쁘지 않았다. 어서 빨리 그들의 마음에 들 기사를 써야 한다는 생각에 사로잡혔다. 《기생충의 변명》이 실패한 후 기생충 소설에 다시 도전해보고 싶다는 생각을 하고 있었다. 이 지령은 그걸 테스트해볼 좋은 기회였다.

맨 처음 쓴 단편은 '손잡이를 만지는 여자'였다. 요충에 걸린 한 여인이 사회에 대한 복수를 한답시고 지하철 손잡이에 요충 알을 잔뜩 묻히고 다닌다는 내용이었다. 여기서 등장시킨 게 바로 기생충탐정 마태수였다. 반응은 비교적 괜찮았다. 사람들은 기생충이 복수의 도구로 쓰일 수 있다는 사실에 흥미로워했다.

그 다음 소설부터는 사회적 이슈를 담으려고 노력했다. '여대생의 죽음'은 다이어트를 위해 설사를 하는 기생충에 일부러 걸렸다가 목숨을 잃은 여대생을 다뤘고, '고환이 흔들리고 있다'는 정력을 기른답시고 뱀을 먹는 풍토를 꼬집고자 했다. 군대에 안 가려고 개의 회충 알을 잔뜩 먹는 '입영전야'는 징병제도의 존폐여부에 대해 꼬집었고, '상속'은 유산을 상속받으려고 말라리아에 걸린 모기를 가져다 부친을 살해한다는 내용이었다.

기생충과 사회적 이슈를 연결시킨 것은 많은 책을 접하면서 자연스럽게 사회문제로 관심이 옮겨간 것으로, 그게 문제는 아니었다. 이 책의 문제점은 다른 데 있었다. 소설을 쓰려면 소설적 훈련이 돼 있어야 했지만, 나는 그런 수업을 받아본 적이 없었다. 그러다 보니 마태수 탐정이 범인을 잡아내는 과정이 굉장히 어설펐다.

골프선수 박세리의 우승을 막기 위해 동료선수가 기생충에 감염된 바비큐를 박세리에게 먹이는 '골프여왕을 구출하라'를 보자. 맨 첫 장면에서 마태수는 박세리가 참가선수 중 최하위를 기록한 뒤, 눈물의 인터뷰를 하는 광경을 TV로 보다 의혹을 느낀다. '어깨가 쑤시고 열이 나고 몸이 부어 있다'는 박세리의 증상이 선모충이라는 기생충 증상과 흡사했기 때문이다. 이를 조사하러 미국에 간 마태수는 박세리가 한 달 전쯤 캐리 웹과 함께 바비큐를 먹었다는 증언을 얻어낸다.

자, 그렇다면 캐리 웹이 일부러 박세리에게 선모충에 감염된 바비큐를 먹였다는 증거를 찾아야 한다. 이 과정이 논리적이지 않으면 독자들은 몰입하지 못한다. 그런데 난 이 대목을 겨우 이렇게 처리했다.

주치의는 마태수가 어디 있는지 팀장에게 물었다.
"바쁜가 봅니다. 어제도 대학 연구실에서 밤늦게까지 있었다더군요."
"그래요? 관광이라도 좀 하지 않고서…."
주치의에 말에 팀장도 동조했다.
"그러게 말입니다. 뭘 하느라 그리도 바쁜지…."

《대통령과 기생충》, 170쪽

다음 장면에서 마태수는 캐리 웹이 연습하는 골프장에 가서 이렇게 말한다.

"바비큐에 관해 나랑 할 말이 있을 것 같은데?"

그러자 캐리 웹의 얼굴이 흙빛으로 변한다. 마태수는 계속 몰아붙인다. 캐리 웹의 형부가 UCLA 대학 생물학과에서 부교수로 근무하고 있고, 선모충이 연구 분야라는 걸 알고 있다고. 캐리 웹은 두려움에 질려 소리친다. "당신, 증거 있어?" 마태수는 박세리의 선모충과 캐리 웹 형부가 연구하는 선모충의 DNA가 일치한다는 자료를 내놓는다. 그제야 캐리 웹은 자신이 박세리에게 선모충을 먹였다고 자백한다.

이와 같은 사건 전개가 글을 쓴 내 눈엔 매우 그럴듯해 보일지 몰라도, 기대를 가지고 소설을 읽어나가는 독자에겐 배신 그 자체다. 어차피 추리소설을 표방했다면 작은 단서라도 독자와 공유하고 추리게임을 하면서 결정적인 한방을 터뜨려 독자가 "아이고, 나도 맞출 수 있었는데!"라고 탄식하게 만들거나, 독자 스스로가 범인을 알아맞혔다는 느낌을 갖게 해야 한다. 그런데 여기선 그런 일체의 과정이 생략된 채, 캐리 웹을 몰아붙이는 마태수 탐정만이 있다. 이런 수준 낮은 소설이 독자에게 어필하긴 어렵다.

소설에서 등장인물에게 일어나는 모든 갈등과 행동은 '사건'이다. 독자를 집중하게 하려면 이 사건이 씨줄과 날줄처럼 촘촘히 엮어지고, 어떤 사건이든 논리적으로 연결되어 있어야 짜임새가 탄탄한 이야기가 완성된다.

히가시노 게이고가 쓴《용의자 X의 헌신》을 보자. 이 책에는 천재적 두뇌를 지닌 수학선생이 등장한다. 볼품없는 외모를 가진 이 수학선생은 옆집에 사는 여자를 짝사랑해, 아침마다 그녀가 일하는 가게에 들러 도시락을 산다. 그런데 이 여자는 알고 보니 폭력남편을 피해 딸과 함께 숨어 살고 있었고, 그 남편이 자신의 거처를 알아내 협박하자 저항하는 과정에서 남편을 죽이고 만다.

졸지에 살인자가 된 여자는 경찰에 잡혀갈 위기에 처한다. 이때 수학선생이 등장한다. 과연 이 천재가 어떻게 여자를 구하고 사건을 덮어버릴까? 독자들의 기대는 한껏 부풀어 오른다. 풀어내는 과정이 조금만 어설퍼도 "이게 무슨 천재야?"라며 책을 집어던져 버리겠지만(?), 히가시노 게이고는 독자의 기대를 저버리지 않는다.

수학선생은 사건 다음날 여자와 딸에게 영화를 보고 오라고 말하고, 자신은 학교를 결근하고 치밀하게 일을 꾸민다. 경찰이 여자에게 찾아오지만, 희한하게도 사건 당일 어디 갔었냐고 묻는 대신, 사건 다음날 행적만 묻는다.

"그 시간에 영화 보러 갔는데요."

거짓말이 아니라 참말을 하는 것이니 아무리 추궁해도 거리낄 게 없다. 결국 여자는 수학선생의 도움으로 살인혐의를 벗는다. 여기까지 읽은 독자는 이제 궁금해 죽는다. '저 천재 수학선생이 도대체 어떻게 한 거지?'

이 수수께끼를 풀게 하려고 작가는 수학선생의 과거 라이벌인 물리학자를 등장시킨다. 물리학자의 활약 덕분에 독자들은 여자가 어떻게 법망을 빠져나갔는지를 알 수 있는데, 그 방법은 우리의 상상력을 가볍게 뛰어넘는다.

《글쓰기 만보》를 쓴 안정효 선생은 소설에서 드러나는 허점을 '구멍 난 스웨터'라고 표현하면서, 예쁜 스웨터라도 구멍이 나 있다면 사람들이 그 구멍만 본다고 했다. 《용의자 X의 헌신》이란 스웨터에는 아무리 찾아도 구멍이 보이지 않는다. 거기 나온 모든 소재들은 충격적인 결말을 위해 등장하며, 허투루 존재하는 사건이 하나도 없다. 심지어 수학 선생이 여자에게 그렇게까지 한 이유가 사랑인 것도 독자들은 이해할 수 있다. 사랑은 모든 것을 가능하게 해주는 기적 같은 것이라는 걸.

〈악의 연대기〉라는 영화는 그 반대다. 도입부는 관객의 시선을 사로잡을 만큼 흥미롭지만, 후반부 스토리에 큰 구멍이 뚫려 있고, 그 구멍은 손현주, 마동석 등 개성파 배우들의 열연에도 메워지지 않는다. 예컨대 사건의 단서를 찾아가던 경찰(손현주)은 범인이 달력에 표시한 날짜를 보고 같은 팀 후배(마동석)에게 전화를 건다.

"○월 3일, ○월 13일, ○월 20일, 무슨 일이 있었는지 알아봐줘."

후배는 말한다. 그날은 전·현직 경찰이 살해된 날이고, 그들은 모두 과거 특정사건을 담당했었다고. 이 지점에서 관객들은 놀라움이 아닌 황당함을 느낀다. 아니, 한 달 사이 경찰들이 연쇄적으로 살해당했는데 경찰 간부인 손현주가 그 사실을 영화 막판이 돼서야 알아차리는 게 도대체 말이 되는가.

범인의 윤곽이 밝혀지고 난 뒤에도 무리한 반전을 시도하는데, 그것 역시 충격을 주기보다 짜증을 유발한다.《용의자 X의 헌신》과 달리 이 영화에서는 막판 반전에 대한 어떠한 단서도 미리 제공되지 않았다. 어쩌면 '이렇게 끝나면 아쉬우니까 관객을 한번 놀라게 하자'는 의도였을지 모르지만, 그것이 오히려 구멍을 더 키웠다. 문제는《대통령과 기생충》에 있는 구멍은 너무 커서, 스웨터는 안 보이고 구멍만 보인다는 점이다. 소설 쓰는 훈련을 해보지 않은 이가 쓴 책의 한계였다.

이렇게 해서 기생충을 주제로 쓴 책 두 권을 깨끗이 말아먹었다. 이

전 책에 비해 사회의식을 보이는 등 작은 성과도 있었지만, 난 서서히 지쳐 갔고, 앞으로 계속 책을 써야 할지 깊은 회의를 느꼈다.

○

"이제 책 좀 그만내면 안 되겠니?"

○

기생충을 주제로 쓴 책 두 권을 말아먹고 우울하게 지내던 2004년, CBS 라디오에서 고정코너 제안을 받았다. '김어준의 저공비행'이라는 시사프로였는데, 딴지일보 총수로 알려진 김어준 씨가 MC였다. 자신도 없고, 그다지 하고 싶지도 않아서 못하겠다고 했더니 담당 피디가 "알았으니까 한번 만나주면 안 될까요?"라고 한다. '그런다고 내가 수락할 줄 알아?' 하는 생각으로 약속장소에 나가자마자 그 피디가 왜 만나자고 했는지 알아챘다.

도발적인 차림의 미녀가 우아하게 테이블을 차지하고 앉아 있었던 것. "안녕하세요? 전화 드린 정혜윤입니다. 이쪽은 작가 ○○○고요." 지금은 베스트셀러 여러 권을 써낸 스타 피디가 됐지만, 그때만 해도 그녀에 대해 아는 바가 전혀 없었다. 하지만 알고 모르고는 별 관계가 없었다. 그런 미녀가 부탁하는데 내가 뭐라고 거절하겠는가. 셋이 어울려 술 몇 잔을 마신 뒤, 난 고정코너를 맡기로 했다.

    고정코너의 제목은 '헬리코박터 프로젝트'였다. 그때는 배리 마셜 ^{Marshall, Barry} 박사가 모델을 한 '헬리코박터 윌'이라는 음료 광고가 대단한 인기를 모으고 있던 시절이어서 그런 이름이 붙었던 것 같다. 어떤 내용으로 방송할까 고민하다 평소 생각하던, 사람들이 잘 모르는 의학적 진실을 얘기하자고 마음먹었다. 일주일에 한 번씩, 무려 5개월 가량 방송을 했는데, 지금도 후회되는 것이 그 시절 방송준비를 성실히 하지 않았다는 점이다.

    A4 한 장 정도 되는 원고를 끄적여서 작가한테 메일로 보내면 작가가 거기에 살을 붙여서 대본을 만들어줬다. 하지만 보낸 원고가 워낙 부실해서 훌륭한 대본이 나오기는 어려웠다. 방송 시간은 30분에 불과했지만, 그 30분을 어떻게 때워야 할지 늘 전전긍긍했던 것 같다.

    물론 그 방송을 재미있게 들었다는 사람도 있었다. 어떤 분은 운전 중에 방송을 듣다가 너무 웃겨서 사고 날 뻔했다는 사연을 전해오기도 했다. 그래도 그때 방송은 부끄러움으로 남아 있다. 내게 부족한 건 프로의식이었고, 넘치는 건 근거 없는 자신감뿐이었다. 나 정도 말발이면 30분 때우는 건 문제가 아니라는 생각에 준비를 게을리했으니 말이다.

    그로부터 10년 뒤 '오한진, 이정민의 황금사과'라는 라디오프로에서 '서민의 세상사는 이야기'라는 코너를 8개월 동안 진행한 적이 있었다. 프로의식으로 무장된 그때는 10장 분량의 원고를 만들어 작가에게 보냈고, 작가는 그걸 좀 다듬어 완성된 대본을 건네줬다. 30분 동안 10장 분량을 얘기하는 건 어려운 일이라 10년 전과 반대의 의미로 시간에 쫓겼고, 결국 하려던 얘기를 다 못한 채 방송국을 나올 때도 있었다.

10년 전쯤, 싸이월드 미니홈페이지가 한국을 지배했던 시절이 있었다. 사진을 올리기에 최적화된 시스템이라 사람들은 휴대폰으로 찍은 셀카를 미니홈페이지에 올리곤 했다. '얼짱각도'라고, 약간 위에서 아래로 찍는 스타일을 유행시킨 것도 다 싸이월드였다. 거의 모든 이가 싸이월드를 했고, 심지어 박근혜 대통령도 대통령이 되기 전 싸이월드의 유저였다. 하지만 싸이월드는 페이스북, 카카오스토리 같은 보다 간편한 서비스에 밀려 역사의 뒤안길로 사라진다.

싸이월드 이야기를 이렇게 장황하게 한 것은, 다섯 번째 책이 나오게 된 것이 바로 싸이월드 덕분이기 때문이다. 내 초등학교 친구들은 죄다 싸이월드를 했다. 그들은 내게도 싸이월드를 만들라고 권유했다. 만들었다. 그 공간을 무엇으로 채울지 잠시 고민하다, 저공비행에서 방송했던 얘기를 정리해서 올리기로 했다.

방송을 할 때는 참고문헌을 찾는 노력을 전혀 하지 않았지만, 이상하게 글로 올릴 때는 이것저것 다른 책도 찾아가면서 공부도 하게 됐다. 그렇게 한 편 두 편 글을 올리다 보니 제법 분량이 됐다. 처음엔 그 글을 읽고 "오오, 몰랐던 걸 알아가네요."와 같은 댓글들이 주렁주렁 달릴 것을 예상했지만, 싸이월드는 그런 곳이 아니었다. 내 미니홈페이지에 온 많은 이들이 이런 댓글을 달았다. "제 홈페이지에도 놀러오세요." "글이 너무 길어서 패스." "좋은 글인 것 같네요. 물론 읽지는 않았습니다."

그 와중에도 내 글을 진지하게 읽는 이가 있었다. '다밋'이라는 출판사 직원으로, 어느 날 내 미니홈페이지에 방문해 "그 글을 가지고 책을 내면 어떨까요?"라며 의사를 타진해왔다. 그 제안을 듣고 순간 《대통령과 기생충》 시절을 떠올렸다. 책을 내주겠다는 출판사가 없어서 여기저기 이메일을 뿌리다시피 했던 그 서글픈 기억을. 또 그런 서러움을 겪고 싶지 않았고, 지금이라고 메이저 출판사들이 내 글을 받아준다는 보장도 없었다.

"그렇게 하죠."

다밋은 사장님과 편집자, 그리고 영업을 담당하는 분까지, 총 세 명으로 구성된 아주 작은 출판사였다. 규모가 크고 더 좋은 출판사에 대한 욕심이 없었던 것은 아니지만, 책을 내주겠다고 한 것만으로도 감사했다. 책 작업은 무척 순조롭게 진행됐다. 그때만 해도 난 편집자가 요구하는 사항을 최대한 빨리 수정해서 이메일로 보내주는 착한 저자였으니까.

책에는 깊이가 있어야 한다

2005년 8월, 그렇게 책이 나왔다. 책 제목은 《헬리코박터를 위한 변명》이었다. 의학 전반을 다룬 이 책에서 헬리코박터가 차지하는 비중은 아주 작았다. 하지만 그때는 헬리코박터가 선풍을 일으키던 시절이었기에 그걸 활용해 홍보하기로 했고, 제목 역시 그런 차원에서 정해졌다. '헬리코박터가 위암과 아무 상관없다'는 내 주장이 괜한 것은 아니

나는 쓰면서 성장한다

었다. 서울의대 예방의학교실에 계시는 유근영 교수님은 다음과 같은 연구 결과를 발표한 바 있다.

"1993년부터 9년 동안 1만8천 명을 추적 조사한 결과 위암과 헬리코박터균은 역학적인 관련성이 없는 것으로 나타났다고 밝혔다."[3]

우리나라의 헬리코박터 감염률이 50% 남짓인 데 비해, 인도네시아는 감염률이 80% 이상으로 높지만 위암 발생은 우리나라의 1,000분의 1에도 미치지 못하니, 헬리코박터가 과연 위암의 원인인지 의심스러웠다.

주장의 옳고 그름을 떠나서, 지금 생각하면 그때 일이 부끄럽다. 제목을 그렇게 정했다면 책 내용도 우선 헬리코박터가 무엇인지 설명하고, 학계에서 위암과 위궤양의 원인으로 인정받기까지 어떤 실험과 연구 결과가 나왔는지, 또 이에 대한 논란은 어떤 것들이 제기됐는지, 심층적인 분석이 뒤따라야 했다. 그런데 헬리코박터에 대해 언급한 부분은 270쪽부터 275쪽까지, 단 6쪽에 불과했다. 헬리코박터에 대해 알고 싶어서 책을 집어든 사람이라면 속았다는 느낌을 받았으리라.

하지만 나를 정말 곤혹스럽게 만든 사건은 책이 나온 지 한 달 뒤, 배리 마샬 박사가 노벨 생리의학상 수상자로 결정된 일이었다. 헬리코박터가 위암, 위궤양의 원인이라는 것을 최초로 밝혔다는 게 수상이유

3)   Shin A1, Shin HR, Kang D, Park SK, Kim CS, Yoo KY. A nested case-control study of the association of Helicobacter pylori infection with gastric adenocarcinoma in Korea. Br J Cancer. 2005 Apr 11;92(7):1273-5. 이 논문의 결론은 다음과 같다. "The present study suggests that there might be no direct association between H. pylori infection and gastric adenocarcinoma risk in South Korea."

였다. 다른 전문가가 반대되는 주장을 펼쳤다면 모르겠지만, 감히 노벨상에 도전할 수는 없는 노릇이었다. 헬리코박터에 기대어 책을 팔아먹자는 계획은 수포로 돌아갔다.

헬리코박터 때문에 책이 안 팔린 것처럼 써놨지만, 실패 원인은 역시 역량 부족이었다. 이전 책들과는 달리 참고문헌을 찾아가면서 쓴 글이었지만, 299쪽 안에 총 34꼭지가 실렸으니 한 주제당 8쪽 분량밖에 안 됐다. 통일된 주제를 다룬다면 모를까 의학계의 잡다한 주제들을 다루면서 분량이 그 정도라면, 창피하지만 수박 겉핥기로 넘어갔다는 얘기다.

예를 들어 '냄새'라는 꼭지를 보면 입 냄새, 발 냄새, 겨드랑이 냄새, 방귀를 7쪽 안에 모두 썼다. 여기에 무슨 심층적인 분석이 있겠는가. 우리나라 의료보험의 장단점을 고작 3쪽 반에 담아냈으니 해도 너무했다. 이건 블로그 글의 한계이기도 한데, 책을 내려면 블로그 글을 모아 낼 게 아니라 책에 맞는 글쓰기가 되어야 한다.

근거 없는 처방도 눈에 띈다. '우울증'에 대한 글을 보자. 여기저기서 인용한 글로 지면을 채우다가 마지막에 인도에 가서 우울증을 고친 여배우 사례를 소개하면서 이렇게 권한다.

"인도에 가라!"

《헬리코박터를 위한 변명》, 119쪽

그 여배우가 인도에서 우울증을 고친 건 사실이겠지만 그건 특수한 예일 뿐, 모든 이가 인도에 간다고 우울증이 낫는다는 보장은 없다. 이런 처방을 내렸다는 게 얼굴이 화끈거리고, 몸 둘 바를 모르겠다. 책이 팔리지 않은 것이 오히려 다행이다 싶다.

책에서 인용한 통계도 장난스러운 것들이 많다. '응급구조' 편에서는 구조를 빙자한 성희롱에 대해 다루었다. 인공호흡은 자기호흡이 없는 사람한테 해야 하는데 스스로 숨을 잘 쉬는 사람에게 인공호흡을 하는 건 다른 의도가 있다는 주장이다. 심장이 잘 뛰는 사람에게 심장마사지를 하는 것도 마찬가지라고 주장한다. 여기까진 그렇다 쳐도, 다음 통계가 문제다.

"작년 한해 우리나라에서 심장마사지를 빙자한 성희롱이 전체 성희롱의 9%를 차지했다는 확인 안 된 보고도 있는 만큼…"

《헬리코박터를 위한 변명》, 84쪽

웃자고 쓴 것이지만, 이 대목에서 웃었을 사람이 몇이나 될까 싶다. 학생 때 이런 경험을 한 적이 있다. 한 친구가 웃기는 말을 해서 반 전체가 웃었다. 선생님도 웃었다. 그런데 내가 비슷한 말을 했을 때, 아무도 웃지 않았고 떠들었다고 앞에 나가 벌만 섰다. 목소리 크기는 비슷했는데 반응이 다른 것은, 성공한 유머는 처벌받지 않지만 어설픈 유머는 응징의 대상이 되기 때문이다. 책도 마찬가지다. 의학과 같은 전문적인 얘기라 해도 독자를 웃기면 용서가 되지만, 그렇지 않을 경우엔 "환자를 가지고 장난 치냐?"는 비난을 각오해야 한다.

어설픈 유머 외에도 이 책에는 치명적인 단점이 있다. 다른 책을 인용할 때는 핵심이 되는 일부 구절만 인용하고 그를 바탕으로 자기주장을 펴야 한다. 참고문헌의 내용을 장황하게 요약하는 건 '짜깁기', 즉 표절의 한 형태다. 이 책에선 그런 류의 표절을 몇 번이나 저지른다.

'아아, 뱅상'이란 글에서 뱅상이 쓴 《나는 죽을 권리를 소망한다》를 4쪽에 걸쳐서 요약해놓았다. 제대로 된 책이라면 "뱅상이라는 청년이 대통령에게 안락사를 요청했다가 거부당한 일이 있다." 정도로만 인용했어야 한다. 'PPA 파동' 역시 《FDA vs 식약청》이란 책 내용을 3쪽에 걸쳐 요약해놨다. 이는 다른 사람이 취재해서 쓴 저작물을 거의 그대로 갖다 쓴, 사실상 표절이다. 논문이나 기사라면 모르겠지만, 책의 형태로 나온 내용을 갖다 쓰는 건 반칙이다.

○

이제 책은 그만 내겠다

《헬리코박터를 위한 변명》이 출간될 당시 내겐 친구가 많았다. 독신으로 살겠다며 수백 명에 달하는 조직을 만든 탓이었다. 새 책이 나오면 늘 그렇듯 난 책에 사인해서 그들에게 돌렸다. 하지만 사람들은 내 책을 달가워하지 않았다. 어쩌면 너무 뻔해서, 더 볼 필요가 없다고 생각했는지도 모르겠다. 친구 한 명은 이렇게 말했다.

"야, 내가 그 책 읽어보려고 했는데, 도저히 못 읽겠더라."

이런 일도 있었다. 어떤 모임에 나가서 책을 돌렸는데, 나중에 집에 갈 때 보니까 음식점 바닥에 몇 권이 굴러다니고 있었다. 그때서야 깨달았다. 정말 내 책을 원하는 사람에게만 줘야겠다고. 그 뒤 책을 더 이상 돌리지 않았다. 그러다 보니 출판사에서 계약금 대신 받은 책 100권과 개인적으로 돌리려고 사두었던 책이 집안에 넘쳐났다. 할 수 없이 내 밑에서 배우던 본과 1학년 학생들 전부(40명)에게 돌렸지만, 책은 다 소진되지 않았다. 지금 내 책꽂이에 100여 권 넘게 꽂혀 있는데, 이걸 볼 때마다 "정말 헛짓 했구나." 하는 탄식이 절로 나온다.

그나마 이 책의 미덕이 있다면 평소 내가 하고 싶었던 주장을 마음껏 했다는 점이다. 고혈압의 기준이 되는 혈압을 낮춰 정상으로 분류돼야 할 사람을 고혈압 환자로 만드는 세태를 비롯해, 콜레스테롤의 정상치를 낮춰서 약을 먹이고 있는 현실, 일상에서 충분히 섭취하는 비타민 C를 꼭 먹어야 하는 것처럼 과장하는 일에 대해 비판을 가했다. 책은 얼마 팔리지 않았지만, 내 문제의식에 동의해준 독자도 꽤 있었다.

성과는 또 있다. 이 책을 보고 출판사 여러 곳에서 메일이 오기 시작했다. 내용은 다음과 비슷했다. "책을 읽어봤는데, 당신 생각에 동의한다. 그리고 글도 제법 쓰시더라? 기획만 제대로 한다면 좋은 책을 만들 수 있을 것 같다. 같이 일해보고 싶은데 생각이 있느냐?"

그 중에는 꿈에 그리던 유명 출판사도 있었다. 독자들은 이 책을 외면했지만 출판기획자들은 가능성을 본 것이다. 하지만 너무 늦어버렸다. 이런 제안이 1년 전에만 왔어도 좋았을 테지만, 그땐 이미 나 자신에 대한 기대를 접은 상태였다. 더 이상 글을 쓸 에너지가 남아 있지 않았다. 아들 책이 베스트셀러가 되기를 소망하며 적극적인 응원을 아끼지 않았던 어머니도 이런 말을 하셨다.

"이제 책 좀 그만내면 안 되겠니?"

그로부터 8년간, 더 이상 책을 내지 않았다. 스스로 "절필했다."고 말한 그 시간에 난 열심히 논문을 썼고 정년이 보장되는 정교수까지 승진했으니, 인생을 돌아볼 때 의미 있는 시간이었지만, 더 이상 책으로 성공할 수 없을 거라는 생각은 날 슬프게 했다. 글 말고는 뜰 기회가 없다고 생각해서 그때 심경은 괴로움 그 이상이었다. 거기에 더해서 날 더욱 착잡하게 한 사건이 있었는데, 그것은 한겨레신문에 칼럼을 집필하게 된 일이었다.

실패한 하산, 한겨레신문 칼럼

2005년 12월부터 1년간, 한겨레신문에 칼럼을 썼다. 중앙일간지에 칼럼을 연재했으니 꿈에도 그리던 칼럼니스트가 된 셈이지만, 안타깝게도 그 시절은 처절한 실패로 끝났다. 이유야 여럿 있겠지만 지나친 부담감 때문에 평상시 실력의 반도 발휘하지 못한 것도 있고, 노무현 정부 시절인 것도 실패에 한몫 했다.

남을 까는 글쓰기에 일가견이 있는 내가 정치적 성향이 비슷한데다 기득권 세력으로부터 지속적으로 공격받았던 대통령을 깐다는 건 영어정쩡한 입장이었다. 하지만 보다 결정적인 이유는 칼럼을 집필할 만큼 깜냥이 안 됐다는 점이다.

한겨레신문에서 연락이 오다

더 이상 글로 안 되는 게 아닌가 좌절했던 그 시절, 한겨레신문의 제안은 뜻밖이었다. 그때까지 책 여러 권을 말아먹었고, 딴지일보에 기생충 소설을 연재한 것을 제외하면 제대로 된 매체에 글을 써본 적 없는, 검증되지 않은 필자였으니 말이다. 한겨레신문에서 왜 그런 파격적인 제안을 했을까?

담당자는 인터넷 서점 알라딘 블로그를 유심히 봤다고 했다. 사회에 대한 예리한 시선을 가지고 있는데다 유머까지 겸비했다는 게 그의 설명이었는데, 말하진 않았지만 대학에 적을 두고 있는 교수라는 것도 나를 선택한 이유 중 하나였을 것 같다. 알라딘 블로거 중에는 나보다 글을 훨씬 잘 쓰는 분들이 한둘이 아니었으니까. 하지만 '유머'라는 이유는 어느 정도 납득이 됐다. 나는 그간 꾸준히 연마한 유머를 글에 녹여내기 위해 부단히 노력했고, 알라딘에서 인기 블로거가 된 것도 유머 덕분이었다.

칼럼니스트를 만들어준다는 한겨레신문의 제안은 무척 매력적이었지만, 그걸 덥석 받는 건 두려운 일이었다. 수십만 명이 보는 신문에 글을 쓰다니, 글을 쓸 능력은 둘째 치고 내가 그 스트레스를 감당할 그릇이 될지 걱정이었다. 아무리 생각해도 안 되겠어서 메일로 두 번 거절했더니 담당자가 만나서 얘기하자고 했다.

만나기 전에 거절하겠다고 굳게 마음먹었지만, 면전에서 거절하는 건 참 어려운 일이었다. 그는 한겨레신문 사옥이 있는 공덕역 부근 식당으로 날 이끌었고, 내가 좋아하는 제육볶음을 시켜줬다. 거기다 소주를 몇 잔 기울이다 보니, 어느새 "열심히 하겠습니다."라고 말하고 있었다.

○

욕을 바가지로 먹다

담당자는 며칠까지 글을 달라고 했다. 평소 같으면 A4 한 장은 30분도 안 돼서 뚝딱 써내려가곤 했지만, 칼럼을 쓴다고 생각하니 몸과 마음이 다 떨려왔다. 현 정부를 까는 내 글을 보고 강단이 있는 줄 오해하는 분들이 계시지만, 사실 난 무지하게 소심하다.

군사훈련에는 11미터 높이의 헬기에서 줄을 타고 내려가는 '헬기레펠'이라는 것이 있다. MBC 〈진짜 사나이〉라는 프로그램에서 연예인들이 곧잘 실패하기도 하던데, 난 군대시절 줄을 타고 헬기레펠을 내려오다 그만 실신해버렸다. 첫 칼럼을 쓸 때 바로 이 헬기레펠을 할 때보다 몇 배 더 공포에 떨었다. 도대체 뭘 써야 할지도 고민이었다. 이걸 쓸까 저걸 쓸까 고민하다 며칠이 흘러갔고, 어느새 마감일이었다. 결국 결정한 게 삼겹살 얘기였다. 내용은 이랬다.

우리나라는 삼겹살을 좋아한다. 삼겹살은 서로 경쟁하면서 먹는 음식이다. 내가 구운 것을 남이 먹으면 열불 나지 않는가? 반면 TGI로 대표되는 패밀리 레스토랑은 상생의 음식이다. 각자 먹고 싶은 메뉴를 고른 뒤 서로 나누어 먹는다. 정치가 싸움질로 일관하는 건 다 삼겹살 때문이다. 상생의 삼겹살을 먹어보자.

'상생의 삼겹살을 고대함', 〈한겨레신문〉, 2005년 11월 13일

이 글은 원래 동창 사이트에 올린 글이었다. 배경은 이랬다. 한 모임에서 내 앞에 앉은 선배가 삼겹살을 다 먹어버렸고, 고기 좀 더 시키자고 했더니 그 선배는 "난 배불러." 하면서 냉면을 시켰다.[4] 거기에 대한 충격으로 이런 글을 썼는데, 한 친구가 이런 댓글을 달았다.

"서민, 너는 천재야!"

첫 칼럼으로 이 글을 선택한 이유도 그 댓글이 생각나서였다. 나를 아는 사람들이야 내가 무슨 글을 써도 너그러이 봐주지만 구독료를 내고 신문을 보는 분들이, 시간을 내서 인터넷에 올라온 칼럼을 읽는 분들이, 날 관대하게 봐줄 이유가 없었다.

하지만 난 동창이 단 댓글의 유혹에서 벗어나지 못했고, 그 글을 칼럼으로 만들기 시작했다. 내용이 다 완성된 글이었는데도 분량을 맞추다 보니 시간이 꽤 걸렸다. 고치고 또 고쳐도 마음에 들지 않았다. 새벽까지 그 짓을 하다가 담당자에게 메일을 보냈다.

"죄송합니다만 글은 내일까지 드리겠습니다."

4) 그때의 경험은 칼럼에서 다음과 같이 묘사됐다. "패밀리 레스토랑과 달리 삼겹살은 무한경쟁의 장이다. 내가 익혀 놓은 고기를 남이 먹고, 남이 찍은 고기를 내가 가로챈다. '왜 나만 뒤집냐?'며 언성이 높아지고, "숨 좀 쉬면서 먹어라."는 핀잔이 오간다. 내가 아는 어떤 이는 더 많은 고기를 먹으려고 채 익지도 않은 벌건 고기를 씹지도 않고 삼키는데, "삼겹살은 바싹 익혀서 먹어야 한다"는 말도 사실은 남보다 더 많은 고기를 먹으려는 수작에 불과하다. 조화와 협동이 발을 붙일 구석은 어디에도 없고, 오직 남보다 더 많이 먹겠다는 경쟁심만이 분위기를 지배한다. 허기진 배를 움켜쥔, 경쟁에서 진 사람의 "고기 더 할까?"라는 물음은 배불리 포식한 승리자의 "이제 냉면 먹자!"로 일축되고, 서로 간에 남은 건 앙금뿐이다."

나는 쓰면서 성장한다

나중에 깨달은 사실인데, 칼럼에서 가장 중요한 것은 마감시간을 잘 지키는 일이다. 월간지야 마감일을 다소 넉넉하게 잡게 마련이라 어겨도 용서가 되지만, 신문은 매일매일 나오는 매체가 아닌가! 아무리 좋은 칼럼도 마감시간을 넘기면 소용이 없는데 세상에, 첫 번째 칼럼부터 마감을 넘겨버렸다. 다음날 보낸 그 형편없는 칼럼을 담당자는 애써 칭찬했지만, 세상은 내 칼럼을 그 담당자처럼 봐주지 않았다. 다음은 인터넷에 올라온 댓글이다.

"교수님은 삼겹살집에서 그런 걸로 싸우나 보군요. 삼겹살의 진정한 묘미를 모르는 건 교수님의 성격 때문이라고 생각해보신 적 없나요."

"교수가 뭐 젖 같은 소리를 했구만. 서양식 식습관은 대화와 타협의 장이다? 젖 까고 있네. 사이좋게 골고루 나눠먹는 개념은 우리나라에 맞게 고쳐진 거야."

"우리 음식문화에 대한 제대로 된 이해조차 없는 이가 교수를 하니, 대체 학생들에게 무얼 가르칠까?"

"대학교수가 서양물을 조금만 먹으면 저 정도이니, 이민 간 사람은 어떨까?"

"이따위라면 나도 신문칼럼 쓸 수 있습니다."

오마이뉴스에서는 아예 반박칼럼이 나왔다. '교수님이 핏빛 스테이크를 썰고 있을 때, 서민들은 삼겹살로 하루의 피로를 푼다'는 글을 읽으면서 어찌나 부끄럽던지. 물론 댓글을 읽다가 살짝 억울하기도 했다. 난 신체적 결점 때문에 미국을 비롯한 서양물을 먹지 못했고, "내 다리 한 짝은 온전히 삼겹살이다."라고 말하고 다닐 정도로 삼겹살을 좋아한다. 하지만 그건 어디까지나 내 사정일 뿐, 독자가 그런 점까지 헤아려 욕을 해야 하는 건 아니다.

구체적으로 칼럼의 잘못을 짚어보자. 첫째, 신문칼럼에서 중요한 점은 시의성이다. 그날 일어난 일을 보도하는 게 신문의 속성이라는 점에서 시의성은 필수요건이다. 상생의 삼겹살 어쩌고 하는 칼럼이 시의성을 가지려면 우리나라 정치인들이 삼겹살집에서 한바탕 싸웠거나, 최소한 삼겹살을 먹고 난 뒤 기나긴 대치국면에 들어갔거나 하는 일이 벌어져야 했다. 하지만 그즈음에 삼겹살과 관계된 사건은 아무 일도 없었다.

둘째, 칼럼에서 필자가 말하고자 하는 바는 맨 마지막 몇 줄에 담겨 있다. 그 몇 줄은 충분히 실천 가능해야 하며, 추상적이어서는 안 된다. 내 칼럼은 어땠을까.

다른 사람이 몇 점을 먹었는지 견제하기보다는, 인류의 조상이 돼지라는 베르베르의 말을 상기하면서 겸허히 삼겹살을 먹는다면, 삼겹살집에서도 조화와 협동은 얼마든지 길러질 수 있을 것이다. 월요일인 오늘, 상생의 삼겹살을 먹어보자.

삼겹살을 '겸허히' 먹어라? 대체 어떻게 하면 삼겹살을 겸허히 먹는

나는 쓰면서 성장한다

것일까? 먹을 때마다 인사라도 해야 하나? 다시 봐도 왜 저런 말을 썼는지 낯이 달아오른다.

셋째, 오마이뉴스의 반박칼럼이 지적한 것처럼 내 칼럼은 우리 음식 문화를 폄하하고 외국 것을 치켜세웠다. 이런 칼럼, 정말 재수 없다. 뉴욕에서 3개월간 살다 온 친구가 만날 "뉴욕에선 안 그러는데, 우리나란 왜 이래?"라고 해봐라. 우리가 해줄 말은 이것밖에 없다. "그렇게 뉴욕이 좋으면 거기 가서 살지 왜 우리나라에 기어들어왔냐?"

칼럼 주기는 3주였다. 자연스럽게 내 삶도 3주를 단위로 돌아갔다. 뭘 쓸까를 2주간 고민하고, 1주간 글을 끼적였다. 글이 실리고 나면 다음 글에 대한 고민이 시작됐다. 두 번째 칼럼 집필일이 눈앞에 다가왔다. 거의 첫 번째에 필적할 만큼 공포가 몰려왔다. 그 공포를 딛고 쓴 글은 '개 두 마리'로, 내용은 다음과 같다.

어떤 개는 주인 잘 만나서 호강한다. 주인을 잘못 만난 다른 개는 버려져서 결국 차에 치여 죽었다. 사람이라고 별로 다를 건 없다. 축복 속에 태어나 어릴 적부터 호의호식을 하는 애가 있는 반면, 태어나자마자 내버려지는 아이도 있다. 지금부터라도 빈곤층에 대한 대책을 세우지 않는다면 우리 사회에 희망은 없다.

'개 두 마리', 〈한겨레신문〉, 2005년 12월 4일

이 글의 가장 큰 문제는 재미가 없다는 점이다. 개를 사람에 비유한 것도 적절한 선택은 아니지만, 글 어디를 봐도 한겨레신문에서 기대한 '유머'를 찾을 수 없다. 시의성이 없는 것은 첫 번째와 같다. 굶어죽는

아이가 화제가 됐다면 최소한 시의적절한 칼럼이라는 소리는 들을 수 있겠지만, 그즈음에 (물론 굶는 아이들은 있었겠지만) 그런 일이 화제가 된 적은 없었다. 이 글은 그저 한겨레신문이기 때문에, 즉 한겨레신문은 빈곤층에 관심이 높은 신문이니까 거기에 맞춰서 칼럼을 쓴 것에 불과했다. 첫 번째는 물론이고 두 번째 칼럼 역시 완벽한 실패였다.

하지만 나는 세 번 만에 감을 잡았다. 세 번째 '작은 눈의 비애'를 쓸 때는 황우석의 연구가 조작이라는 게 방송에서 밝혀지고, 그 책임에 대해 황우석과 노성일 미즈메디 이사장이 공방을 벌이고 있던 때였다. 방송에 나와 억울함을 호소하는 노성일을 보면서 난 중얼거렸다.

"저 사람, 눈이 나보다 작네."

물론 나보다 작다는 건 과장이었지만, 그 눈 때문에 그가 말하는 게 진실로 느껴지지 않았다. 눈이 작은 나마저 그런 편견을 갖고 있으니 다른 사람들은 오죽하겠는가. 이 글은 그런 문제의식에서 비롯됐다. 칼럼에서는 눈이 작아서 고생한 경험담을 나열한 뒤 다음과 같이 주장했다.

…눈 작은 사람들은 대개 정직하다. 눈동자가 안 보여 뭔가를 숨기는 것처럼 보이니 남보다 정직하지 않으면 사회에서 살아남을 수가 없었던 거다. 나 역시 진작 이 사실을 깨닫고 정직하게 살려고 많은 노력을 기울인 끝에 지인들한테 "다른 사람은 몰라도 너는 믿는다."는 말을 들으며 살고 있다. 눈이 크다는 것만 믿고 거짓말만 일삼는 사람을 생각하면, 내 눈이 작은 게 꼭 나쁜 것만은 아니다. 아, 이 글은 노이사장의 말이 진실이라고 주장하는 게 결코 아니며, 단지 주위의 눈 작은 이

들을 편견 없이 대해 달라는 호소일 뿐이다.

'작은 눈의 비애', 〈한겨레신문〉, 2005년 12월 26일

시의성도 있었지만, 감을 잡았다고 얘기하는 이유는 독특한 소재 선택에 있다. 황우석의 몰락이 한국사회를 강타하던 시점에서 노성일의 눈 크기에 주목할 사람이 나말고 누가 있겠는가. 몇 시간 이상 고치기를 거듭했던 이전 글과 달리 경험을 위주로 한 이 칼럼은 한 시간도 안 걸려 완성했다.

"신문을 읽다가 후두둑 웃어본 지가 오래되었어요. 작년 말, 서민이라는 사람의 '작은 눈의 비애'가 딱 그런 글이었는데, 이 사람 오늘 신문에도 칼럼이 실렸네요.… 이 사람은 썰렁함에 관대해지자며 뒤집어놓습니다. 헐!"[5]

'작은 눈의 비애'에서 얻은 자신감은, 그해 1년 중 최고라고 생각하는 '썰렁함에 관대해지자(이하 썰렁)'로 이어진다. 내가 '썰렁'을 최고라고 생각하는 것은 지금은 찾을 수 없는 어느 분의 칭찬 때문이다. 칼럼을 쓰고 나면 댓글을 보려고 인터넷을 뒤지는데, 지금은 찾을 수 없지만 '썰렁'에 대해 이런 뉘앙스의 글을 보았다.

"신문칼럼에서 이런 글을 봤다는 게 충격이었다."

5)　http://lechat.pe.kr/zboard/view.php?id=book2&no=386

'썰렁'의 시대적 배경은 열린우리당의 사학법 개정이었다. 학교 경영의 투명성을 위해 일정 비율만큼 외부인사를 이사로 임명하자는 개방형 이사제가 그 골자였는데, 당시 보수층은 '빨갱이를 양산해서 나라의 정체성을 뒤흔든다'며 연일 시위를 벌였다. 그 중 한분이 바로 대통령이 되기 전 박근혜 대표다.

칼럼에서 나는 이것을 웃기고 싶은 욕망의 발로로 봤다. 그리고 유머를 총 5단계로 나누었다. 가장 낮은 1단계는 무식을 가장하는 것, 2단계는 같은 말의 반복, 3단계는 동음이의어를 사용한 개그, 4단계는 애드리브(밥상에 숟가락 하나 없는 것에 비유), 5단계는 스토리가 있는 개그 구사(밥상 차리기에 비유)로 구분한 것이다.

유머의 발전과정에서 중요한 것은 비아냥과 냉소보다 수준 낮은 유머에도 웃어줌으로써 격려를 아끼지 않는 일이다. 그런데 박대표는 '지금 사학법은 이 나라를 좌경화시키는 법'(1단계)이라고 끝없이 되풀이(2단계)하고 있는 중이다. 유머와 담을 쌓고 살아온 박대표가 1, 2단계의 유머를 할 수밖에 없는 것은 당연하니, 3단계로 나아갈 수 있도록 격려해주자고 전개했다.[6]

…그래서일까. 미모는 물론이고 상당한 권력까지 가진 한 여성마저 이 대열에 합류했다. 개방형 이사제를 골자로 하는 사학법이 "빨갱이를 양산하여 나라의 정체성을 뒤흔든다."고 목소리를 높이고, 이 추운 날 길거리에 나와 연일 시위를 벌인다. '명문대학'을 나온 그가 정말로 "사

---

6)   전문은 여기서 볼 수 있다. http://www.hani.co.kr/kisa/section-008003000/2006/01/00800
      3000200601151802846.html

학법이 통과되면 전교조가 학교를 장악한다."고 믿지는 않을 것이다. 순전히 웃기기 위해서다. 유머의 첫 단계는 무식을 가장하는 것이고, 두 번째는 같은 말의 반복, 동음이의어를 사용한 개그는 그 다음 단계다. 엄격한 아버지 밑에서 자라 유머를 배울 기회가 없었던 그에게 두 번째 단계 이상을 기대하는 것은 지나친 주문이 아니겠는가.

…이 원칙은 뒤늦게 유머를 시작한 어른들에게도 고스란히 적용된다. '사학법은 이 나라를 좌경화시키는 법'(1단계)이라고 끝없이 되풀이(2단계)하고 있는 그 여성에게 쏟아지는 작금의 비난은 솔직히 지나치다. 웃기는 데 실패한 사람이 돈을 떼어먹고 도망간 사람보다 더 지탄받는 게 말이 되나. 그에게 지금 필요한 것은 웃어주는 것. 혹시 아는가. 우리의 웃음이 그로 하여금 3단계로 나아가는 데 도움이 될지. 그처럼 유머만 빼고 모든 걸 다 가진 여인이 왜 웃기기까지 해야 되느냐고 혀를 차지는 말자. 원망해야 할 것은 그의 유머 부족이 아니라, 그로 하여금 유머 전선에 뛰어들게 만든 신자유주의다.

사족: 궁금해하는 분이 있을까 봐 적는다. 유머의 4단계는 애드리브(이건 밥상에 숟가락 하나 없는 것에 비유된다), 5단계는 스토리가 있는 개그의 구사(밥상 차리기).

'썰렁함에 관대해지자', 〈한겨레신문〉, 2006년 1월 16일

너무 빨리 사그라진 감

잘 쓴 글은 본인이 먼저 안다고, 이 글을 메일로 보내면서 기분이 무척 좋았다. 나중에 내 글의 특징이 된 '돌려까기'가 제대로 구사된 이 글이야말로 한겨레신문에서 날 영입한 이유였을 것이다. 문제는 그 다음이었다. 한번 감을 잡았으면 그 다음부터 쭉 잘나가야 했는데, 칼럼은 롤러코스터를 탔다.

어쩌다 한 번씩 낭떠러지에 가는 게 아니라 계속 낭떠러지에 있다가 이따금씩 괜찮은 칼럼이 나왔고, 그 괜찮은 칼럼이라고 해봤자 '썰렁' 근처에도 가지 못했다. 칼럼을 쓰는 게 갈수록 괴로웠다. 결국 1년이 되어갈 시점에 한겨레신문 측에 전화를 걸어 그만두겠다고 얘기했다. 한겨레신문 측의 대답은 이랬다.

"잘 생각하셨습니다. 안 그래도 너무 힘들어하시는 것 같아서 먼저 말씀드릴까 생각 중이었어요."

말리기는커녕 반색을 하는 한겨레신문이 야속했지만, 사실 나 정도 인간에게 1년이나 기회를 준 것도 과분한 대접이었다. 마지막으로 쓴 '차라리 박근혜가 어떨까'를 끝으로 짧은 칼럼니스트 생활을 접었다. 혹자는 그 칼럼을 써서 잘린 것이라고 말하지만, 전혀 사실이 아니다. 한겨레신문 반응에서 보듯 칼럼니스트로서 데뷔는 실패로 돌아갔다. 너무 빨리 세상에 나온 탓이었다.

물론 여기서 '빠르다'는 건 나이를 얘기하는 것이 아닌, 뒤늦게 글쓰기 훈련을 시작했고 그 훈련이 채 끝나기도 전에 하산했다는 의미다.

한 번 멋진 칼럼을 쓰긴 했으니 훈련이 의미가 없는 건 아니었지만, 어렵게 잡은 감을 끝까지 밀고나가지 못한 건 전적으로 실력이 부족해서였다.

그럼 한겨레신문 1년은 내게 뭘 남겼을까? 내가 깨달은 것은 신문 칼럼의 영향력이 많이 줄어들었다는 사실이다. 수십만 명이 본다며 칼럼 집필을 부담스러워했지만 그건 혼자만의 착각이었을 뿐, 주위 사람들 어느 누구도 내가 칼럼 쓰는 걸 알지 못했다. 이 깨달음은 훗날 경향신문에서 글을 쓸 때 큰 도움이 됐다. "어차피 아무도 보는 사람이 없는데….."란 생각으로 마음껏 글을 쓸 수 있었으니 말이다.

책을 더 이상 내지 않겠다고 선언한 데 이어 2006년 말에는 칼럼까지 중단했으니, 이제 더 이상 세상과 접할 일은 없었다. 난 다시 산으로 올라갔고, 경향신문에서 칼럼을 써달라고 한 2009년 12월까지 3년간 산속에 있었다. 미처 못 다한 글쓰기 지옥훈련을 마무리하기 위해.

글쓰기 지옥훈련의 방법

글로 제법 이름이 알려진 지금, 가끔 이런 질문을 받는다.

"어쩜 그렇게 글을 잘 쓰세요? 혹시 타고난 건가요?"

그런 말을 들을 때마다 발끈한다. 내가 이 정도라도 쓰게 된 건 다 글쓰기 지옥훈련 덕분이니까. 그분한테 옛날에 쓴 책을 보여드렸더니 떨떠름한 표정을 지으며 이렇게 말했다.

"정말 지옥훈련을 하신 게 맞군요."

내 지옥훈련이 어떤 것이었을까 혹시 궁금해하는 분이 계실까 봐, 지난 10여 년간 했던 노력들을 두서없이 정리해본다.

노트와 연필을 끼고 살다

글을 잘 쓰려면 글쓰기 노트와 필기도구를 가지고 다니는 게 무엇보다 중요하다. 여기서 유명한 소설가 폴 오스터 Paul Auster 얘기를 안 할 수가 없다. 그의 저서 《왜 쓰는가?》를 보면 오스터가 어린 시절 야구장에 갔을 때, 명예의 전당에 오른 유명 야구선수 윌리 메이스 Willie Mays 를 만난 얘기가 나온다. 사인을 받으려고 종이를 꺼냈지만 오스터에겐 연필이 없었다. 같이 간 사람들에게 물어봐도 필기구를 가지고 있는 사람이 없었다. 윌리 메이스가 그에게 말했다.

"꼬마야, 나도 연필이 없어서 사인을 해줄 수가 없구나."

그가 그렇게 가버린 뒤 어린 오스터는 그 자리에 선 채 한참을 울었고, 그 뒤부터 어디를 가든지 종이와 연필을 꼭 가지고 다녔다고 한다. 너무 대충 쓴 느낌이 드는 이 책의 백미는 바로 다음 대목이다.

> "다른 것은 몰라도 세월은 나에게 이것 한 가지만은 가르쳐주었다. 주머니에 연필이 들어 있으면, 언젠가는 그 연필을 쓰고 싶은 유혹에 사로잡힐 가능성이 크다."
>
> 《왜 쓰는가?》, 41쪽

나는 주로 빨간색 플러스펜을 애용하는데, 한번은 주머니에 넣어둔 빨간펜 뚜껑이 벗겨져버렸다. 그걸 모른 채 회의에 참석했다가 다른 동료한테 "너 바지에서 피나는 것 같다."는 말을 듣고 혼비백산했다. 나중에 보니까 빨간 잉크가 스며들어 바지는 물론이고 팬티까지 온통 빨간 물이 들었다.

빨간 플러스펜 외에도 내 가방에는 글쓰기를 위한 노트가 항상 대기하고 있다. 노트를 장만한 사연은 이랬다. 가수 신승훈이 라디오에 나와서 하는 얘기를 들어보니 그는 시상이 떠오를 때마다 장소가 어디든 메모하고 녹음한다고 한다. 한번은 약속이 있어 버스에 탔는데 갑자기 리듬이 떠올라 그대로 버스에서 내렸다고 한다. 그리고 근처 공중전화를 찾아 자신의 무선호출기에 녹음했다고 한다. 시상이란 게 잠깐 떠올랐다 사라지는 것이니, 예술가라면 그런 식으로 호출기에 녹음하는 작업이 필요할 법했다. 그 순간, '나도 글감이 떠오를 때면 노트에 적어야지!' 하고 생각했다.

시상이란 금방 나타났다 사라지며, 한번 사라지고 난 뒤에는 다시 떠올리기 어렵다. 시상이 떠오른다면 재빨리 노트와 연필을 꺼내 메모하는 습관을 들여보자. 바쁠 때는 간단한 얼개만 써놔도 되지만, 시간이 충분하다면 글 한 편을 모두 써버리는 게 좋다. 의욕이 있을 때 좋은 글이 나올 확률이 훨씬 높아지기 때문이다. 그럴 시간이 어디 있냐고 하겠지만, 자투리 시간은 의외로 많다.

학교에는 좀 미안한 얘기인데, 회의시간이 내게는 글을 쓰는 시간이다. 어차피 사람들 앞에서 말하기 좋아하는 성격도 아니고, 회의의 필요성에 대해 깊은 회의를 느끼는지라 어떻게든 시간을 보낼 수단이 필요했다. 늘 그렇게 뭔가를 쓰고 있자 학장님이 필기를 열심히 한다며 내게 서기를 맡기는 바람에 황당했던 적도 있다. 전철이나 버스도(물론 좌석이 있다는 전제 아래) 글을 쓰기에 훌륭한 장소다. 집중을 하다 보면 먼 거리도 지루하지 않아 일석이조다.

짬날 때마다 책을 읽는 경우가 더 많았지만, 소재가 생각날 때마다 글을 쓰다 보니 한 달도 안 돼 노트를 바꿔야 할 정도였다. 노트가 한 권 두 권 쌓여갈 때마다 글쓰기 실력도 나날이 상승하는 느낌이었다. 그맘때 "나중에 내가 유명작가가 되면 글쓰기 연습한 이 노트들도 값어치가 올라가겠지?" 하는 상상을 즐겨하곤 했다. 그런 생활을 7년쯤 하자 학교에 있는 내 캐비닛은 다 쓴 노트로 가득 찼다. 하지만 그런 뿌듯함도 한순간에 무너졌다.

《헬리코박터를 위한 변명》을 말아먹은 2005년의 어느 날, 나는 유명작가가 될 가능성이 없다는 것을 깨달았다. 그걸 알고 나자 글쓰기 노트를 보관하는 자체가 덧없게 느껴졌다. 그날 캐비닛에 있던 노트를 모조리 쓰레기통에 가져다버렸다.

그 뒤에도 글쓰기 노트는 계속 있었지만, 보관하고픈 마음은 들지 않았다. 훗날 TV로 뜨고 나서 글쓰기 노트를 방송 프로그램에서 보여줄 수 있냐고 묻는 작가들이 있었는데, 그때야 비로소 '괜히 버렸나' 하고 후회했다.

혹자는 말한다. 요즘은 스마트폰 기능이 워낙 좋아서 노트와 연필이 따로 필요하지 않다고. 내가 신념에 어긋나게 스마트폰을 산 이유도 바로 여기에 있었다. 갤럭시 노트2는 휴대폰용 펜이 있어서 원하는 대로 손글씨를 쓸 수 있었는데, 막상 써보니 노트와는 비교가 되지 않았다.

우선 공간이 너무 좁았다. 노트 한 페이지에는 꽤 많은 분량을 쓸 수 있지만, 갤럭시 노트2는 몇 줄 쓰지 않아도 다음 페이지로 넘어가야 했다. 진득하게 앉아 글을 쓰기가 어려웠다. 또 스마트폰을 그런 식으로 만지작거리고 있으면 인터넷 기사를 보고픈 충동이 생긴다. 좀 구닥다리처럼 보일지 몰라도, 노트와 연필이 효율성 면에서 훨씬 낫다.

블로그라서 외롭지 않다

노트에 쓴 글은 반드시 컴퓨터로 옮겨야 한다. 개인적으로 한글파일의 형태로 저장하는 것을 추천한다. 한글파일의 장점은 나중에 모아서 책을 낼 때도 좋지만, 글을 쓰는 동안 오타 교정을 해주니 여러모로 편리하다. 물론 한글파일이 맞춤법 모두를 해결해주는 것은 아니니, '부치다'와 '붙이다'처럼 헷갈리는 단어는 반드시 네이버에 들어가 검색해 봐야 한다. 요즘 젊은이들은 검증 없이 인터넷에 바로 글을 올리는 경우가 많다.

언젠가 물의를 일으킨 연예인에게 한 네티즌이 장문의 글을 썼는데, 초반부에 이런 구절이 있었다.

"A양은 공복기간을 가져야 합니다."

이 문장을 보고 나니 더 이상 읽기가 싫어졌다. 원래 그가 쓰려던 말은 '공백기간'이었을 것이다. '공백'을 '공복'으로 쓴 것은 '진짜 모르는 게 아닌가?' 하는 의심을 품게 만들기 충분했다. 글로 주목받으려는 사람들에게 이런 오타는 치명적이니, 평상시 맞춤법이 맞는지 확인하는 습관을 들이는 게 현명하다.

글을 한글파일로만 가지고 있으면 좀 심심하다. 바로 책을 낼 게 아니라 글쓰기 연습을 하는 경우엔 더더욱 그렇다. 이럴 때 블로그가 필요하다. 블로그에 글을 올리고 사람들이 반응이라도 보이면, 지옥훈련이 덜 외롭다. 또한 블로그를 통해 다른 사람과 교류하다 보면 자기 글의 문제점을 깨달을 수도 있으니, 한글파일로 쓴 글은 블로그에 저장하는 습관을 들이도록 하자.

여기서 주의할 점이 있다. 마음만 먹으면 1분 안에도 만들 수 있는 게 블로그지만, 그보다 더 어려운 게 블로그를 잘 관리하는 방법이다. 어떻게 해야 블로그를 잘 관리하는 것일까. 매일은 어렵다 하더라도 최소한 2~3일에 한 번씩 글을 올려야 한다. 청운의 뜻을 품고 블로그를 꾸몄지만, 석 달도 안 돼 잡초만 무성한 황무지로 만드는 사람이 많다.

댓글에 연연하지도 말자. 남의 블로그에 가서 "제 블로그에 좀 와주세요."라며 댓글을 구걸하는 분들이 있다. 그런 분들치고 자기 블로그에 볼거리가 많은 사람은 드물다. 댓글이 없더라도 묵묵히 글을 쓰다 보면 방문객은 늘게 마련이다. 다만 방문객이 늘고 댓글이 많은 게 꼭 좋은지는 생각해봐야 한다. 이 경우 블로거는 자신의 글을 쓰기보다 다른 사람을 의식하는 글쓰기를 하게 되고, 댓글에 답변을 다느라 많은 시간을 빼앗긴다. 당신의 목표가 파워 블로거가 아니라 글을 잘 쓰는 것이라면, 많은 방문객은 오히려 훼방꾼이다.

남의 글을 퍼오는 것도 가급적이면 하지 말자. 퍼오는 행위는 남의 저작물에 편승해 자기 블로그의 인기를 올리려는 것이고, 글쓰기 연습에 결코 도움이 안 된다. 정 그 사람의 글이 좋고 배우고 싶다면, 차라리 출력을 해서 몇 번이고 읽기를 권한다. 사진을 올리는 것도 가급적 피하라. 사진이 한두 장 들어가면 글이 더 멋져 보이지만, 주객이 전도되어서는 안 된다. 사진을 찍고 올리는 데 관심을 두면 글은 뒷전으로 밀린다.

신문을 통해 세상을 보다

요즘은 신문 보는 집이 거의 사라졌다. 10여 년 전만 해도 종이신문이 영원할 거라고 생각했지만, 세상의 변화는 언제나 일반인의 생각을 뛰어넘는다. 아무리 시대의 흐름이라 해도, 종이신문의 몰락은 안타까운 일이다. 신문은, 극히 일부이긴 하지만 우리가 사는 세상이 어떤 곳인지를 알려준다.

우리가 30분간 TV로 저녁뉴스를 보는 동안 신문을 보는 것은, 정보의 양적인 면에서 상대가 안 된다. 신문보다 이미지에 치중하는 TV는 많은 정보를 전달하는 데 적합한 매체가 아니다. 요즘 사람들이 신문을 끊은 것은 인터넷으로 얼마든지 신문을 볼 수 있기 때문이다. 공짜로 볼 수 있는데 구독료 1만8천 원을 내는 것은 어리석어 보인다. 과연 그럴까.

인터넷으로 신문을 보다 보면 수많은 유혹에 시달려야 한다. '클라라, 아찔' '강소라, 백만 불짜리 각선미' '한채영, 앗 가슴!' 같은 제목을 보고 있노라면 클릭하고픈 강렬한 충동에 휘말린다. 유혹에 넘어가 사진과 기사, 댓글까지 훑다 보면 2~30분이 훌쩍 지나간다.

컴퓨터 모니터는 차분하게 정독을 할 수 있는 매체가 아닌지라, 어려운 글보다 쉽고 자극적인 것을 선호하게 만든다. 종이신문 때와 달리 성폭행, 성추행 기사가 유독 자주 눈에 띄는 건 우리나라가 성폭행에 대해 보다 엄중한 잣대를 적용하기 때문이기도 하지만, 자극적인 기사 조회수가 높다는 검증된 통계이기도 하다.

실제로 사람들은 국가적으로 중요한 청와대 비선조직 파문보다 재벌가 딸이 비행기를 돌린 것에 훨씬 더 관심을 표명했다. 이게 다 인터넷으로만 신문을 보는 데서 비롯된 폐해다. 정리하면 이렇다. 글을 잘쓸 마음이 없다면 상관없지만, 글을 잘 쓰려는 사람은 반드시 종이신문 읽기를 권한다. 신문 속 사건들은 모두 글의 소재가 될 수 있고, 신문에 실리는 사설과 칼럼은 그 자체가 글쓰기 교본이다. 논술대비 목적으로 중고등학생에게 신문을 읽게 하는 것도 그런 이유로, 나만해도 1997년부터 5년간 우리나라 4대 일간지를 밑줄 쳐가며 읽었던 게 큰 도움이 됐다.

일기와 감상문은 글을 잘 쓰는 지름길이다

기억을 더듬어보면 초등학교 때 가장 귀찮은 방학숙제는 일기였던 것 같다. 매일 써야 하는데 많은 학생들이 방학이 끝나갈 무렵 두 달치 일기를 한꺼번에 썼다. 당일 날씨가 기억이 안 나서 그걸 알아내느라 소동을 벌였던 추억도 떠오른다. 나이가 들어 그렇게 벼락치기로 일기를 썼던 추억은 술자리를 즐겁게 해주는 안줏거리가 된다. 추억거리로 보면 좋을지 몰라도, 그런 식의 벼락치기 일기는 글쓰기에 독이다. 매일매일 써야 느는 게 글솜씨고, 그걸 가능하게 해주는 게 바로 일기다.

《나의 아름다운 정원》과《사랑이 달리다》의 저자이자 내가 가장 존경하는 작가이기도 한 심윤경은 무려 분자생물학과를 전공했다. 대부분 소설가들이 국어국문학과나 문예창작과 출신이고, 경영학과를 나온 김영하 씨 정도가 예외로 여겨지는 판국에, 이과에다 그것도 분자생물학과라니 신기하지 않은가. 언젠가 심작가에게 물었다. 어떻게 해서 글을 그리도 잘 쓰게 된 거냐고.

"저는 일기 이외에 따로 글쓰기 훈련을 한 적이 없어요."

보라. 이게 바로 일기의 위력이다. 그래서 초등학교 때 그렇게 일기 쓰기를 강조하는 것이다. 하지만 우리는 글 실력을 높일 수 있는 좋은 기회를 스스로 차버린다. 네이버 지식인을 보면 일기 좀 대신 써달라는 요청이 많다. 정말 안타까운 일이다.

감상문도 일기 못지않은 효과를 낸다. 감상문을 쓰면서 책 내용이 정리되고, 그 책이 온전히 자기 것이 된다. 그 과정에서 글쓰기 실력도 일취월장한다. 일기와 마찬가지로 초등학교 때 독서 감상문이 숙제로 나오는 것도 괜한 게 아니다.

문제는 감상문을 어떻게 써야 할지 잘 모른다는 것이다. 줄거리를 장황하게 나열하는 건 요약일 뿐 감상문이 아니며, 줄거리를 빼고 쓰자니 쓸 말이 없다. 나도 중학교 때, 감상문을 쓸 때마다 책 뒤에 붙어 있던 다른 사람의 해설을 갖다 베꼈다. 인터넷에서 잘 쓴 감상문을 얼마든지 구할 수 있는 요즘에는 더더욱 감상문을 쓰는 학생이 드물 것이다.

잘 쓴 감상문을 베끼는 것은 그 자체가 큰 공부가 되니 꼭 나쁜 것만은 아니다. 마우스로 긁어서 복사하는 게 아니라 손으로 쓰는 것이라면, 다른 이의 감상문을 베끼는 것도 추천할 만하다. 참고로 인터넷 서점 알라딘에 가면 감상문의 달인이 꽤 많다. '이달의 마이 리뷰'에 뽑힌 감상문을 읽으면서 감상문은 도대체 어떻게 써야 하는지 감을 잡는 것도 괜찮은 방법이다.

○

블로그에서 갈고 닦다

○

내가 처음 블로그를 만든 것은 2001년으로, 터를 잡은 곳은 드림위즈 dreamwiz였다. 당시 네이버naver나 다음daum이 강자로 등장하기 전이라 드림위즈에 블로그를 만드는 게 나쁜 선택은 아니었다. 부끄럽지만 당시엔 기생충 연구를 열심히 하지 않아서, 하루 두세 편씩 글을 쓰는 게 가능했다. 글 소재가 그렇게 풍부했냐고 묻는다면, 무조건 두 편은 쓴다는 결의로 쓰다 보니 나중에는 정말 별것 아닌 소재를 가지고도 글 한 편이 뚝딱 만들어졌다.

난 블로그의 존재를 거의 알리지 않았다. 당연히 댓글도 없었다. 그런데도 그 짓을 5년 이상 할 수 있었던 것은 글로 성공하려는 마음이 강해서였다. 나중에 블로그가 알려지는 바람에 하루 100명이 넘는 사람들이 몰린 적도 있었지만 오히려 불편하고 피곤했다. 찾아오는 이들을 실망시킬 수 없어 소재가 없어도 별의별 말을 다 썼는데, 그 중에는 다른 사람들 욕도 제법 있어 당사자가 내게 항의하는 일도 벌어졌다.

노트에 비해 블로그가 좋은 이유는 분실의 위험이 적다는 점이지만, 꼭 그런 것만도 아니었다. 네이버를 비롯한 다른 포털들에 밀려 장사가 안 됐던 드림위즈는 어느 날인가 블로그 서비스를 접는다고 일방적으로 통보했다. 그 바람에 초창기 글들은 바람처럼 사라져버렸다.

강의할 때마다 얘기하곤 한다. 블로그는 은행이고 거기다 글을 한 편 두 편 쓰는 건 돈을 조금씩 예금하는 것이라고. 그런 식으로 10년이 지나면 매우 많은 돈을 찾을 수 있다고. 그렇다면 블로그가 망해서 없어져버리는 사태는? 은행이 부도난 것과 같은 것일까? 그렇게 볼 수도 있지만, 꼭 그렇지는 않다. 블로그질을 10년쯤 한 뒤에 찾은 것은 그간 썼던 글이 아니라 그동안 발전한 글솜씨니 말이다. 그래서 난 드림위즈가 없어질 때 그렇게까지 속상해하지 않았다. 은행이 망하면 다른 은행을 찾으면 되듯, 블로그를 제공하던 포털사이트가 망하면 또 다른 포털사이트로 가면 되니까.

○

알라딘에 둥지를 틀다

3년간 발전한 글 실력을 가지고 찾아간 곳이 알라딘이라는 인터넷 서점이었다. 알라딘은 인터넷 서점 중 가장 먼저 블로그 서비스를 제공한 곳이다. 명색이 '서점'이니 각 블로거에게 '서재'라는 이름으로 블로그를 만들어줬는데, 최초라는 프리미엄 덕분에 책을 좀 읽는 분들이 구름같이 모여들었다.

나는 알라딘 서재계에서 정상에 오르는 것을 목표로 삼았다. 글쓰기 지옥훈련에서 '파워 블로거가 되려고 하지 말라'에 역행하는 짓이지만, 그럴 만한 이유가 있었다. 내겐 서른까지 책과 담을 쌓고 지냈다는 콤플렉스가 있었는데, 어려서부터 책벌레였던 사람들이 모인 이 공간에서 정상을 차지한다면 그 콤플렉스를 깨뜨릴 수 있을 것 같았다. 난 스스로를 이렇게 독려했다.

"이미 난 드림위즈 블로그에서 충분히 훈련을 쌓았어. 《소설 마태우스》처럼 유치한 글을 쓰는 사람이 아니라고!"

드림위즈에서 그랬던 것처럼 하루 두세 편씩 글을 썼다. 아무리 써도 내 서재엔 댓글 하나 달리지 않았다. 거기에 개의치 않고 글을 썼다. 이런 푸대접은 드림위즈에서 몇 년간 겪었던 일이 아닌가! 두 달이 지났을 무렵 첫 댓글이 달렸다. 그 댓글에 이런 답변을 달았다.

"이런 누추한 곳에 와주시다니 정말 감사합니다."

글을 쓰면 쓸수록 댓글이 늘어났다. 그렇게 5개월 가량이 지났을 무렵, 여러 항목을 종합해서 매기는 서재 포인트에서 1등을 차지했다. 말 그대로 알라딘을 정복한 셈이다. 어떻게 그게 가능했을까?

우선 하루에 두 편 이상 글을 썼던 게 비결이었다. 워낙 그런 훈련을 많이 한 덕분에, 이제는 두 편 정도의 글감을 찾는 건 일도 아니었다. 완성도 높은 글이 아닐지라도 꾸준히 올리다 보니 블로그가 풍성해 보였다. 읽을거리가 많아지니 자연스럽게 사람들도 몰려들었다.

두 번째 이유로 쉬운 글쓰기를 들 수 있다. 책을 많이 읽은 분들은 당연히 나보다 글을 잘 썼다. 글 한 편 한 편이 무슨 문학작품을 읽는 기분이었다. 예나 지금이나 난 어려운 글을 쓰지 못한다. 이해하지 못하는 글은 아예 쓰지 않아 그렇게 된 것인데, 심형래 식으로 표현하자면 '못 쓰니까 안 쓰는 거지 안 써서 못 쓰는 게 아니'라는 거다. 다행히 알라딘 서재는 인터넷에 만들어진 공간이었고, 컴퓨터 모니터는 어려운 글보다 쉬운 글을 선호했다.

하지만 누가 뭐래도 성공비결의 핵심은 유머였다. 책벌레를 만나본 적이 있는가. 그분들의 글은 논리정연하고 날카롭긴 해도, 유머가 부족하다. 반면 글에 유머를 넣는 훈련을 줄기차게 해온 나는 어느 정도 유머러스한 글을 자유자재로 구사할 수 있게 됐다.

—이명

이명이라는 병이 있다. 귀에서 이상한 소리가 들리는 증상을 호소하는데, 구체적인 언어로 들리는 건 아니기 때문에 환청과 구별되지만, 이런 게 지속적으로 들리면 신경이 무지 쓰인다. 치료가 안 되는 경우도 꽤 있다는 게 더 무서운 점. 지난 몇 년간 나도 이명이 좀 있었다. 이게 이명인가 하는 의혹이 들긴 했지만, 귀에서 이따금씩 부스럭거리는 소리가 났다. 그래서 아내가 때릴 때면 이런 말을 했다.

"여보, 귀는 때리지 마. 내가 이명이 좀 있는 것 같거든."

얼마 전에는 하루가 지나도 그 소리가 없어지지 않아서 안 되겠다 싶어 학교 병원에 갔다. 내 귀를 본 의사는 귓밥이 큰 게 있다면서 "이런 거 가지고 대학병원 오시다니!"라고 핀잔을 준다. 그걸 꺼내고 나니 소리는 사라졌고, 지금까지도 아무 문제가 없다. 그 뒤부터 아내는 이렇게 말한다.

"여보, 이제는 귀 때려도 되는 거지?"

내 키는 176센티미터다. 대학 들어갈 때 172였고 졸업할 때 175였는데, 그 뒤 1센티미터가 더 커서 쭉 유지돼 오고 있다. 이 얼굴에 키라도 그 정도 돼서 다행이긴 한데, 최근 건강검진을 받다가 깜짝 놀랐다. 내 키가 177.4센티미터라는 것이다. 키가 무려 1.4센티미터가 크다니, 아직도 성장기인 것일까? 게다가 시력검사를 해봤더니 왼쪽 눈이 1.2, 오른쪽 눈이 0.7이다. 그 전까지는 1.0에 0.5가 될까 말까였으니 시력도 좋아졌다(청력도 굉장히 좋다고 했다). 회춘이란 게 이런 건가 하면서 아내한테 말했더니 아내가 이런다.

"이게 다 내가 내조를 잘해서 그런 거야!"

몇 달 전부터 아내는 아침마다 영양제를 듬뿍 주면서 먹으라고 했는데, 알약이 어찌나 많은지 다 먹으면 배가 부를 정도였다(물 한 컵 가지고 다 삼키질 못한다). 그런데 거기에 눈을 좋게 만드는 영양제도 있고 기타 몸에 좋은 영양제도 있으니 키가 크고 눈이 좋아졌다는 게 아내의 설명. 원래 영양제의 효능을 믿지 않았지만 아내가 그렇다면 믿어야 않겠는가. 그래도 의혹은 남는다. 눈이야 좋아질 수 있다 쳐도 키는 도대체 왜 자란단 말인가? 이런 식이면 아내의 알약을 열심히 먹으면 루저의 기준인 180까지도 클 수 있을 듯하다. 아내에게 고마워서 이렇게 말했다.

"여보, 고마워. 귀 마음껏 때려도 돼."

알라딘 서재에서 1등을 차지한 것이 오프라인 모임 때 술값을 많이
낸 것이 영향을 미쳤다는 설도 있지만, 설사 그랬다 한들 그게 얼마나
좌우했겠는가. 유머야말로 빈약한 독서량에도 알라딘을 평정한 일등
공신이었는데, 이 업적은 글쓰기에 계속 도전하게 만드는 동력이 되었
다. 지금도 어디 나가면 이렇게 말한다.

"내가 말이야, 알라딘을 평정했어! 로쟈님이라고 혹시 알아? 아, 그
유명한 서평가 있잖아. 그 사람이 내 밑에 있었다니까."

1등을 했지만 거기에 만족하지 않았다. 그 다음부터는 1등을 지키기
위해 더 큰 노력을 경주했다. 알라딘만 해도 나보다 잘 쓰는 고수가 엄
청나게 많았으니, 글쓰기 훈련을 멈출 수 없었다. 물론 그게 이유의 전
부는 아니었다. 알라딘 사람들과 경쟁도 하고 친분도 쌓는 그 시간이
정말 재미있었다. 시간상의 문제로 그때만큼 글을 자주 쓰지는 못하지
만, 지금도 이따금씩 알라딘을 찾는 건 추억을 잊지 못하기 때문이다.
내 글쓰기 아카데미였던 알라딘 서재는, 그러니까 가르침과 재미를 모
두 선사한 셈이다.

독서와 글쓰기

내가 읽어본 글쓰기 책들은 하나같이 책을 많이 읽으라고 권한다. 내 경우를 보더라도 독서가 글쓰기에 도움이 되는 것은 확실해 보이고, 알라딘이나 예스24 등 인터넷 서점에서 블로그를 운영하는 분들도 하나같이 글을 잘 쓰는데, 그분들 역시 수시로 책을 읽고 서평을 쓴 덕분이리라. 그렇다면 독서의 무엇이 글을 잘 쓰게 만드는 것일까?

독서는 자기 생각을 만들어준다

글에서 가장 중요한 것은 '문체가 화려한가'가 아니라, 글에 '자기 생각을 담고 있는가'다. 자기 생각이 없으면 좋은 글이 나올 수 없기 때문이다. 글이란 독자와 대화하며 독자를 설득하는 수단인데, 자기 생각이 없는데 어떻게 대화와 설득이 가능하겠는가? 원칙상 자기 생각을 만드는 방법은 여러 경험을 두루 해보는 것이다. 중국집에 갔다고 해보자.

메뉴판에 양장피와 탕수육, 팔보채가 있다. 이런 요리를 한 번도 먹어본 적 없는 사람은 도대체 뭘 시켜야 할지 고민한다. 팔보채를 시킬까? 양장피를 시킬까? 한참을 고민한 끝에 팔보채를 시키려는데, 상대방이 "왜 그걸 시켜?" 하고 물으면 대답할 말이 없다.

모두 먹어본 사람이라면 얘기가 달라진다. 요리 하나하나에 대해서 잘 알고 있어서 자기 기호에 맞는 음식을 주문할 수 있다. 또 그 경험을 바탕으로 다른 사람에게 요리를 추천할 수도 있다.

"해물을 좋아하신다면 팔보채를 드세요. 팔보채가 여덟 가지 해물로 만든 요리거든요."

글쓰기도 비슷하다. 경험이 많으면 자기 생각이 만들어지고, 자기 생각이 있으면 글쓰기도 잘한다. 하지만 삶이란 유한한 법이고, 온갖 경험을 하기는 불가능하다. 글을 잘 쓸 정도로 여러 경험을 하려면 최소한 일흔까지는 살아야 하는데, 그때쯤엔 펜을 들 힘이 달린다. 그래서 책을 읽어야 한다. 책은 주인공에게 감정이입을 함으로써 주인공의 경험을 내 것으로 받아들이는 통로다. 이런 것을 간접경험이라고 하는데, 직접 겪는 것보다야 못하겠지만 간접경험이라도 많이 하면 자기 생각이 만들어진다.

우리가 흔히 '애어른'이라고 부르는 아이들이 있다. 원래 아이들은 어른들의 말에 쉽게 흔들리는데, 애어른은 매사 인생 다 산 사람처럼 군다. 그 나이에 엄청난 경험을 했을 리는 없을 테고, 아이들이 이럴 수 있는 비결은 대부분 책이다. 책을 통해 자기 생각을 만든 사람은 비록 아이라 하더라도 주변 상황(회유나 조종)에 흔들리지 않는다.

경제학자 장하준 선생은 초등학교 시절부터 유명한 독서광이었다. 그가 읽는 책들은 주로 홍익대학교 도서관에서 빌려온 것들로, 설마 초등학생이 읽으리라 상상하지 못했던 도서관 직원은 그가 아버지 심부름을 온 줄 알았다고 한다.

지금은 캠브리지 대학에서 경제학을 가르치는 교수가 되어 경제학자로서도 크게 성공했지만, 주목할 점은 장교수의 탁월한 글쓰기 능력이다. 《나쁜 사마리아인들》, 《그들이 말하지 않는 23가지》, 《장하준의 경제학 강의》 등 그가 집필한 책들은 경제학 책으로서 드물게 종합 순위에 이름을 올린 베스트셀러다.

이 책들의 장점은 술술 읽힌다는 것인데, 읽다 보면 그동안 쉬운 경제학 책이 나오지 않았던 것도 경제학이 어려워서가 아니라, 경제학자들의 글쓰기 실력이 부족해서라는 생각이 들 정도다. 더불어 그가 설파하는 경제학 이론이 소위 주류경제학(미국, 특히 시카고 대학을 중심으로 한 시카고학파로 현재까지도 세계 경제학을 지배하는 중심 학파)에서 벗어난 독특한 견해라는 것을 알 수 있다. 장하준 선생은 그 주류경제학이 사실은 부자 나라를 더 부강하게 만드는 수단에 불과하다고 각성의 목소리를 내고 있는데, 이런 창의적인 사고는 장선생이 열심히 책을 읽어 자기만의 생각을 만들어냈기 때문이다.

많이 봐야 많이 배운다

요리를 잘하고 싶다고 무작정 음식을 만드는 사람은 드물다. 요리하기 전에 유명한 음식점이나 맛집으로 소문난 식당에 찾아가서 먹어보고, 요리학원을 다니기도 하고, 하다못해 주변의 음식 잘하는 사람에게 요리 과정을 물어본다.

요리 실력은 하루아침에 생기는 것이 아니라 음식을 만들고 연습하는 과정에서 점차 나아진다. 의사는 어떨까. 의대를 나온다고 해서 곧바로 수술을 할 수 있는 게 아니다. 수술실에서 보조 역할을 하면서 교수들의 수술 과정을 숱하게 본 후에야, 선배들의 지도로 몇 번 집도를 해본 뒤에야, 비로소 수술할 수 있다.

당연한 이치로 글을 잘 쓰려면 책을 많이 봐야 한다. 내 경우엔 그렇지 않지만. 책을 낸 사람은 일단 글을 웬만큼 쓰는 사람들일 테니, 책을 많이 읽는 것은 가장 좋은 글쓰기 훈련법이다. 나는 좀 독특한 케이스로, 서른까지 책을 거의 읽지 않은 주제에 책을 냈으니 요리를 배우기 전에 무작정 음식을 만든 경우였다.

전에도 말한 것처럼 내 책이 쓰레기라는 걸 알게 된 건 내 책 근처에 진열돼 있던 다른 책들 덕분이었다. 그 뒤 1년에 100여 권씩 책을 읽으면서 글쓰기 실력이 일취월장했다. 이렇게 말하면 좀 머쓱하지만, 지금은 글 좀 쓴다.

물론 읽는 것보다 더 좋은 것은 책을 그대로 베끼는 일이다. 숱한 명저를 쓴 조정래 선생은 아들과 며느리에게 《태백산맥》을 필사하게 했다. 300쪽이 넘는 책 열 권을 필사해야 하는 내외의 마음은 편치 않았을지 모르지만, 눈으로 보는 데 그치지 않고 위대한 문장을 직접 써보는 것이야말로 글쓰기 실력을 올리는 가장 확실한 방법이다. 하지만 읽을 여유조차 없는 현대인들이 필사까지 하기는 비현실적이니, 책을 읽는 것만이라도 열심히 했으면 좋겠다.

요즘 젊은이들이 글을 못 쓰는 이유는 간단하다. 인터넷과 스마트폰에 빠진 나머지 책을 읽지 않아서다. 심지어 맞춤법조차 헷갈리는 분들이 한둘이 아니다. '안'과 '않'처럼 원래 어려운 단어를 틀리는 건 이해한다 쳐도, 인터넷 댓글을 보면 기본적인 맞춤법을 틀리는 사람들이 의외로 많다.

"추신수가 낳냐(낫냐), 강정호가 낳냐(낫냐)?"

"제가 야구 무뇌한(문외한)이지만, 류현진 선수의 경우 전력투구가 문제인 거죠?"

"남성호르몬 맞은 것을 몰랐다니 어의(어이)가 없다."

"테니스선수 리나가 은테(은퇴)했다."

"이분 채소(최소) 합법적인 약물 허용해달라고 시위할 분."

여자들은 남자친구가 맞춤법을 틀릴 때 확 깬다고 하는데, 그것도

나는 쓰면서 성장한다

무시 못할 일이지만 정작 인생에서 중요한 취업 문제에서 불이익을 받을 수 있다. 애써 쓴 자기소개서에 '외숙모'를 '외승모'로 쓰는 치명적인 오타가 있다면 아무리 훌륭한 스펙을 자랑한다 하더라도 그 지원자를 높게 평가할 수는 없을 것이다. 안 그래도 어려운 게 우리말이니, 책을 읽으면서 제대로 된 단어를 계속 환기시켜야 맞춤법에 맞게 쓸수 있다.

◯

글을 쓰려면 인내심이 있어야 한다

글을 써본 이들은 알겠지만, 글을 쓰는 건 인내심이 필요한 일이다. 2주마다 연재되는 신문칼럼을 쓰려면 대략 컴퓨터 앞에 두 시간 이상 앉아 있어야 한다. 그게 너무 지겨워 글을 쓰기 전과 글을 쓰는 도중 짬짬이 딴짓을 한다. 인터넷을 검색해 야구 관련 글이나 웹툰을 보고, 그것도 지겨우면 옆에서 쓰러져 자는 개를 쓰다듬는다. 책을 쓴다면 어떨까? 그보다 몇 십 배의 노력이 필요하다. 다른 짓을 하고픈 유혹을 뿌리치고 글을 쓰게 만드는 힘, 그게 바로 인내심이다.

인내심을 기르려면 어떻게 해야 할까? 한 자세로 오래 앉아 있기? 무거운 것 들기? 인터넷을 찾아보니까 '마라톤을 하라'는 얘기도 있던데, 이런 행동들도 인내심에 도움은 되겠지만, 잘못했다간 골병든다. 게다가 마라톤을 하는 분들 중 글을 잘 쓰는 분이 얼마나 되는지 모르겠다.

내가 보기에 글 쓰는 데 필요한 인내심을 기르는 가장 좋은 방법은 독서다. 책을 읽는 데는 어느 정도의 집중력이 필요하고, 그 집중력을 300쪽이 넘게 밀고 나가야 한 권을 다 읽게 되니까 인내심이 자연스럽게 길러진다.

개인적으로 고전을 권하고 싶다. 귄터 그라스가 쓴 《양철북》을 보자. 이 책은 정말 재미가 없다. 제목이 양철북인데도 주인공 오스카는 도대체 북을 안 친다. 하지만 참고 참고 또 참아가면서 1, 2권을 다 읽고 나면 '이제 어떤 고통도 참을 수 있겠구나!' 하는 자신감이 몰려온다. 그밖에 축약본말고, 723쪽짜리 《돈키호테》나 《여자의 일생》 같은 책을 읽으면 인내심이 엄청나게 길러져, 오랜 시간 앉아서 글을 쓸 수 있는 경지에 오른다.

자꾸 스마트폰을 언급하게 되는데, 스마트폰은 인내심의 천적이다. 책을 읽지 못하게 하는 점도 문제지만, 기다림의 소중함을 앗아가 인내심을 저해한다. 약속시간에 늦는 친구가 도대체 언제쯤 올까 화도 내보고, '앞으로 5분 안에 오면 용서해주자'고 타협도 하면서 인내심이 생길 텐데, 친구가 오든 말든 혼자서도 스마트폰을 보며 재미있게 놀 수 있으니 인내심이 자리 잡을 여지가 없다.

지하철을 타고 여자친구를 만나러 가는 동안 "야, 앞으로 일곱 정거장 남았네?" 하며 인내심을 발휘해 보지만, 지금 젊은이들은 스마트폰을 보느라 목적지를 그냥 지나치는 경우도 많다. 인내심이 부족하면 글을 쓰는 것은 물론이고 긴 글을 읽지도 못한다. 정말 글을 잘 쓰고 싶다면 당장 스마트폰을 멀리하라.

스티븐 킹은 《유혹하는 글쓰기》에서 자신이 작가가 될 수 있었던 이유로 TV가 없던 시대에 태어난 점을 꼽았다. TV를 보는 대신 책을 많이 읽을 수 있었다는 것이다. TV는 그래도 집에서만 볼 뿐, 가지고 다니기엔 부담스럽다. 반면 스마트폰은 집 안과 밖은 물론이고 어디서든 휴대할 수 있고 심지어 가장 은밀한 장소인 화장실까지 침범한 지 오래다. 스마트폰의 스마트한 기능만큼이나 그 폐해가 수십 배로 심각하다고 생각한다. 나는 우리도 스티븐 킹처럼 말할 수 있기를 희망한다.

"스마트폰이 만들어지기 전에 태어나서 정말 다행입니다. 그 덕분에 지하철과 기차에서 책을 읽을 수 있었으니까요."

PART
2

어떻게 쓸 것인가

〇

사람들은 가끔 나에게 이런 질문을 던진다.
"어쩜 그렇게 글을 잘 쓰세요? 혹시 타고난 건가요?
어떻게 해야 잘 쓸 수 있죠?"

〇

나에게 글쓰기는,

솔직함이다. 간결함이다.
　　　　꾸준함이다. 비유하기다.
돌려까기다. 웃기기다.
　　　　정확함이다. 삐딱함이다.
　　　　　　　　　　　　·
　　　　　　　　　　　　·
　　　　　　　　　　　　·
　　　　　　　　　　　　·

지옥훈련이다!

경향신문 칼럼니스트가 되다

한겨레신문에서 실패한 지 3년이 지났을 무렵, 나는 어디선가 연락이 오기만을 기다렸던 것 같다. 지옥훈련 덕분에 내 글쓰기는 어디 가서 글 좀 쓴다고 말할 단계에 도달했다. 이제 정식으로 하산할 일만 남았다고 생각했다. 2009년 11월, 경향신문에서 전화가 왔을 때 얼마나 반가웠는지 모른다. 한 번에 수락하면 너무 없어 보일까 하는 쓸데없는 자존심에 "좀 더 생각해보겠다."고 답변했지만, 전화를 끊자마자 아내에게 달려가 이렇게 외쳤다.

"여보, 경향신문에서 전화 왔어!"

그 말을 하면서 두 팔을 벌려 만세를 불렀다. 경향신문에서 다시 전화 오기를 기다릴 마음의 여유가 없어서 경향신문에 전화를 걸고 말했다.

"생각해봤는데, 쓰기로 했어요."

완벽하게 준비한 하산이어서 그런지 칼럼을 쓰기 전부터 자신감이

어떻게 쓸 것인가

넘쳤다. 한겨레신문에 글을 쓸 당시 3주마다 돌아오는 마감일에 벌벌 떨었지만, 경향신문에서는 2주마다 한 번씩 칼럼을 쓰면서도 내내 즐거웠다. 이건 물론 수많은 일을 벌여 풍부한 소재를 제공해주신 당시 대통령 덕분이기도 했다. 칼럼을 쓰는 동안 마감일을 어긴 적은 단 한 번도 없었고, 두 편을 보낸 뒤 좋은 글을 선택하라고 한 적도 여러 번이었으니 말이다.

돌이켜보면 경향신문에서 날 선택해준 건 참 고마운 일이었다. 그곳에 고정칼럼을 쓰면서 처음으로 다른 사람들에게 인정을 받았고, 약간의 명성도 얻었으니까. 게다가 아들이 글로 뜨기를 바라마지 않던 어머니께 처음으로 효도도 했다.

네이버에 메인으로 뜨는 것보다 종이신문에 칼럼이 실리는 것을 훨씬 더 큰 영광으로 아시는 어머니는, 칼럼이 실릴 때마다 본가 근처 가판대에서 전날 주문해놓은 경향신문 아홉 부를 사셨고, 그걸 또 당신 친구들에게 일일이 돌리셨다.

어머니의 든든한 지원은 언제나 감사드릴 일이지만, 칼럼을 쓰면서 가장 기분 좋았던 반응은 따로 있다. 지금은 모 방송기자가 된 어떤 분이 자신의 블로그에 내 칼럼을 분석했는데, 그 분석을 읽고 '내 칼럼이 그렇게 대단한가?'라는 마음에 우쭐한 적이 있다. 좀 길긴 하지만 그대로 옮긴다.

"나는 경향 오피니언 중에서 서민 교수의 '서민의 과학과 사회' 칼럼을 즐겨 읽는다. 특히 서민 교수의 글은 지나간 것도 챙겨보려고 인터넷 홈페이지를 뒤적이기도 한다. 의학, 그 중에서도 기생충학이라는 학문 분야를 전문적으로 연구하고 있는 눈에 띄는 이력도 이력이거니와, 자신이 연구하는 기생충의 습성을 사회 현안에 절묘하게 접목시키는 그 특유의 넉살과 위트는 카타르시스의 극치다. 그럼에도 으레 이처럼 독설적 유머를 구사하는 정치평론가들과는 다르게 그의 칼럼은 어딘가 모서리가 둥글둥글한 완만한 느낌을 준다. 요컨대 악의가 읽히지 않는다는 것이다. 냉소도 악의도 아닌 위트와 넉살. 서민 교수의 색다른 문체를 체험하는 기쁨이 이것이다. 최대한의 집중력으로 정독한 신문의 끝자락(오피니언 란은 신문의 맨 마지막 면에 있다는 의미)에 육성으로 빵 터지게 할 수 있는 칼럼이 있다면 이 신문은 살 만한 가치가 있는 것이다. 서민 교수는 그런 점에서 경향신문 구독률에 든든한 지분을 가지고 있는 것은 아닐지."7)

두 사건을 연결시켜 비유하기

그즈음 경향신문 칼럼에서 주로 사용한 글쓰기 방법은 관계없어 보이는 두 사건을 연결시키는 것이었다. 예를 들어 4대강 사업에 대해 쓸 때, 이런 식으로 썼다. 다음은 '기생충 연구와 4대강'이란 글이다.

기   기생충학은 우리나라가 가난한 시절인 1954년 만들어졌다.

---

7)   골드문트님의 블로그에서 퍼옴.

승   그 당시에는 돈이 없어서 대변검사나 물고기 조사가 고작이
           었고, 제대로 된 연구가 이루어지지 않았다.

전   경제성장 덕분에 기생충 연구는 세계적인 경쟁력을 갖게 됐
           다. 지금 대변검사로 논문 쓰면 욕먹는다.

결   세상이 이런데 요즘 땅 파서 경기를 부양하는 게 말이나 되
           는가? 루즈벨트가 테네시 강을 개발한 건 77년 전 일이다.

이 칼럼에서 나는 4대강 사업을 기생충 연구과정 중 하나인 대변검사에 비유했다. 두 사건을 연결시킬 때 사건이 서로 관계없어 보일수록 칼럼은 더 흥미진진해진다. 다음 칼럼도 비슷했다. 남의 원고를 그대로 베껴서 책을 낸 사람을 기생충과 비교한 것. 기생충의 특징을 하나씩 열거하고 거기에 해당하는 그 사람의 특징을 적었다.

    첫째, 기생충은 남의 것을 뺏는다.
    …만약에, 아주 만약에, 남이 발로 뛰어 얻은 르포 자료를 무단 도용해 책을 낸 사람이 있다면, 심지어 그 사람이 그걸 이용해 높은 자리에 오르기까지 했다면 우리는 그를 '기생충 같은 자'라고 할 수 있겠다.

    둘째, 기생충은 후안무치하다.
    환자로부터 길이가 3미터에 달하는 기생충을 꺼낸 적이 있다. 환자는 시도 때도 없이 기어 나오는 기생충 때문에 1년간 병원 네 군데를 전전하며 고생을 했단다. 그쯤 괴롭혔으면 조금은 미안한 표정을 짓는 게 생물이라면 지녀야 될 도리이리라.… 하지만 그 기생충은 놀랍게도, 웃고

있었다. 그때 생각했다. 아, 기생충이란 놈들은 참으로 뻔뻔한 애들이구나. 만약 누군가가 표절을 해놓고서 "초고를 본 적도 없다."고 한다든지, 표절 보도에 대해 "명예가 훼손됐다."며 적반하장 격으로 소송을 벌이기까지 한다면 우리는 그를 '기생충 같은 자'라고 불러도 무방할 것 같다.

세 번째, 기생충은 약자를 괴롭힌다.

아프리카에서는 말라리아라는 기생충 때문에 해마다 100만이 넘는 사람들이 죽는다. 수단이란 나라는 간경화를 일으키는 주혈흡충 때문에 골머리를 앓고 있다. 다들 그리 잘사는 나라는 아니다. 회충 몇 십 마리가 몸 안에 있어도 밥 한 숟갈만 더 먹으면 별 문제가 없지만, 기생충은 대부분 밥 한 숟갈을 더 먹을 수 없는 사람들에서 유행한다.… 한마디로 기생충은 가난하고 약한 자들의 적이다. 그러니 자기가 권력이 있다는 이유로 "우리에게는 돈과 힘이 있다. 가만 안 둘 거야!"라고 한다든지, 자신에게 불리한 증언을 한 사람에게 "다시 한 번 주둥이를 잘못 놀리면 네 혀를 잘라 놓겠다."고 협박을 하는 사람이 있다면, 우리는 그를 '기생충 같은 자'라고 불러야 할 것이다.

갑자기 궁금해진다. 위에서 말한 세 가지 특성을 모두 가진 사람이 과연 있을까? 에이, 설마. 한두 가지 정도에 해당하는 사람은 있을 수 있겠지만, 세 가지 모두를 갖춘다는 건 아무리 생각해도 어려울 성 싶다. 만에 하나, 이건 100% 가정인데, 그런 사람이 이 세상에 존재한다면, 우리는 그에게 '이 기생충아!'라고 외쳐야 할 것이다. 한술 더 떠서 그 사람이 매우 높은 자리에 있다면, 그 사람을 아는 모든 이가 들고 일어나 그를 끌어내려야 마땅하다. 기생충은 보는 즉시 때려잡아야 하니까 말이다. 그렇게 하지 않고 방관만 한다면? 우리들 역시 기생충보다 하등 나을 것 없는 존재이리라.

뛰어나게 잘 쓴 글이 아닌데도 잔잔한 화제가 됐던 건 아무래도 사람을 기생충에 비교하며 비판하는 게 신선했기 때문이고, 여기에 더해 기생충의 특징과 표절을 저지른 모 의원의 행태를 그런대로 잘 연결시킨 덕분이었다. 기생충 전공자로서 기생충에 대해 아는 게 많았기 때문에 가능했던 일이기도 했다.

만일 정유업계에서 근무하는 사람이라면 가짜휘발유와 표절작가를 연결시켜서 글을 쓸 수 있고, 교통경찰이라면 음주운전자를 빗대어 비슷한 글을 쓸 수 있으리라. 즉 약간의 상상력만 있으면 이런 정도 글은 누구나 쓸 수 있다는 애기다.

두 사건을 연결하는 예는 이후에도 많이 나온다. 한나라당 대표였던 안상수는 조계종 총무원장을 만난 자리에서 명진 스님을 지목하면서 "강남 부자 절에 좌파 스님을 그대로 놔둬서야 되겠느냐."라고 한 바 있다. 뒤늦게 외압 논란이 일자 안대표는 그런 말을 한 적도 없고, 명진 스님을 알지도 못한다고 했다. 이 애기를 〈내일의 기억〉이란 영화와 연결시켜 보았다. 알츠하이머 병을 다룬 영화로, 치매로 점점 기억을 잃어가는 남편을 보는 아내의 안타까움이 잘 나타나 있다. 영화 애기와 함께 안대표를 알츠하이머로 몰았다.

〈내일의 기억〉에서 (제정신이 아닐 때 아내를 접시로 때린) 사에키는 아내의 머리에서 피가 흐르는 걸 보고 바닥에 엎드려 흐느낀다. 아내는 그런 사에키를 위로한다.

"당신 탓 아니에요. 병 때문이에요."

"명진 스님을 모른다는 안 대표님, 그건 대표님 탓이 아니에요. 당신 병 때문입니다."

초창기 칼럼은 대부분 이런 식이었다. 일관성이 없이 이랬다저랬다하는 정치인을 주의력결핍장애^{ADHD}에 비유한다든지, 고위층이 왔을 때 의사들이 긴장한 나머지 실수하는 일이 많아지는 현상(VIP 증후군)을 권력자에 대한 검사의 '알아서 기기'에 비유했다.

선수가 못하는 것을 실력 부족이라고 말하는 대신 당하지도 않은 부상 때문이라고 둘러대는 게 '옹호'인 것처럼, 이런 비유는 얼핏 보면 '옹호'처럼 보인다. 내가 지금껏 정부의 노여움을 사지 않은 것도, 그들이 내 글의 진정한 의도를 모르기 때문이 아닐까?

○
윤창중은 그럴 사람이 아니다
○

"겉으로 표현한 내용과 속마음에 있는 내용을 서로 반대로 말해 독자에게 강한 인상을 주고 문장의 변화를 주는 표현법."

네이버에 나온 반어법의 정의다. 글에 반어법을 동원하게 된 계기가 정확히 뭐였는지는 모르겠지만, 당시 일어났던 미네르바 사건이 영향을 미쳤던 것 같다. 미네르바 사건을 간단히 설명하자면, 미네르바가 2008년 미국의 경제위기가 한국에도 영향을 미칠 것이라는 예측을 인터넷 사이트인 '다음 아고라'에 게재했다가 구속된 사건이다.

상식적으로 생각해보면 한국경제를 예측하는 게 잘못은 아니지만, 미네르바의 사회적 영향력을 우려한 정부는 전기통신기본법 위반혐의를 적용해 그를 잡아가뒀다. 그 사건을 목격하면서 글 한번 잘못 썼다 잡혀가면 안 되겠다는 생각에, 내가 사용하기 시작한 것이 바로 반어법이다.

2008년, 민간인 사찰사건이 터졌다. 총리실 산하 공직윤리지원관실(지원관실)은 원래 공무원을 사찰하는 곳인데, 뜬금없이 민간인을 사찰해 물의를 빚은 사건이었다. 그런데 지원관실 직원은 그가 민간인 줄 몰랐다는, 쉽사리 믿기 힘든 변명을 했다. 여기에 대해 어떻게 써야 할까.

"그가 민간인이라는 사실을 조사가 시작된 뒤 두 달 후에야 알았다는 지원관실의 말은 어이가 없다. 그런 무지몽매한 자가 지원관실에 있었다니, 나라가 걱정된다."

이렇게 쓰면 재미도 없을 뿐더러, 당시 사설 대부분이 이런 식의 논리를 폈기 때문에 시선을 끌 수도 없다. 글에서 중요한 것은 개인의 독특한 관점, 남이 다 하는 얘기를 굳이 또 할 필요는 없다. 몸도 사릴 겸 이런 논지로 글을 썼다.

"…지원관실은 그가 민간인 줄 몰랐다고 했다. 여론은 그게 말이 되느냐고 어이없어하지만, 내 경험으로 미루어볼 때 그건 충분히 말이 된다."

그러면서 나는 국립보건원 근무 때 경험을 빗대어 "공무원과 민간인은 외모도 비슷하고 생활습관도 비슷해서 도저히 구별할 수 없었다. 이 두 부류를 헷갈리는 일이 없도록 공무원에게 배지를 달게 하자."고 썼다. 좋은 아이디어를 글로 승화시키지 못했다는 아쉬움이 있지만, 이 글은 경향신문에 깊은 인상을 심어준 모양이었다. 경향신문에서 바

어떻게 쓸 것인가

라는 게 정권을 위트 있게 비판하는 것이었는데, 그 기대를 충족시킨 첫 번째 글이었으니까.

○

반어법으로 돌려까기

반어법은 점점 원숙미를 더해갔다. 그 중 가장 각광받은 글은 역시나 '윤창중은 그럴 사람이 아니다'였다. 2013년, 대통령을 따라 미국에 간 윤창중 씨는 그들을 수행하던 인턴을 성추행한다. 국가적 망신이라며 모두가 윤씨를 욕하던 그때, 아침산책을 나갔다가 갑자기 반어법으로 글을 한번 써보자고 생각했다. 글을 쓰기 전 윤창중에 대한 정보를 모았다. 대략 다음과 같은 사실이 드러났다.

1   자신이 윤봉길 의사의 후예라고 주장한다.
2   대변인이 되기 전, 한 방송 프로에서 절대로 공직에 나가지 않겠다고 했다.
3   대변인이 되기 전, 막말로 화제가 된 바 있다.
4   혼자 일찍 귀국한 이유에 대해 "아내가 사경을 헤매서."라고 했다.
5   성추행에 대해서 "신체접촉은 있었지만 성추행은 아니다." 라고 했다.

이 자료들을 모아서 다음과 같은 글을 썼다.

날이면 날마다 신문지면을 장식하던 남양우유 욕설파문은 묻혔다. 기사대로라면 1882년 한미통상조약이 체결된 이후 최악의 일이 벌어졌기 때문이다. 화제의 주인공은 윤창중 열사. 청와대 대변인으로 박근혜 대통령을 수행해서 미국에 간 그가 한국계 미국인인 20대 여성을 성추행했다는 게 기사 내용이다. 일부 좌파들은 '불미스러운 일로 대변인에서 경질됐다'는 기사 내용을 토대로 그의 성추행을 기정사실화하고 있지만, 다른 사람은 몰라도 난 윤창중의 결백을 믿는다.

첫째, 윤창중은 윤봉길의 후예다. 파평윤씨 종친회는 부인했지만 윤창중은 자신이 상하이에서 폭탄을 던져 일본군 요인을 암살한 윤봉길의 손자라고 한다. 왜 나섰는지 모르겠지만 새누리당 의원인 하태경도 "윤봉길 손자가 맞다."며 확인해줬는데, 호랑이는 고양이를 낳지 않는다는 평범한 진리를 생각해보면, 윤봉길의 손자가 미국에서 딸 같은 인턴의 엉덩이를 움켜쥐는 짓을 했을 리가 없다. 만일 윤창중이 그런 짓거리를 한 게 사실이라면 그는 윤봉길의 손자가 아니라 조두순의 배다른 동생일 것이다.

둘째, 윤창중은 탐욕이 없는 사람이다. 〈뉴데일리〉에서 십수 편의 칼럼으로 진정한 수구꼴통이 뭔지 보여줬던 윤창중은 채널A의 〈박종진의 쾌도난마〉에 나와 다음과 같은 말을 한다.

박종진　이제 대통령직인수위원회에 들어가 애국하셔야 하지 않습니까?

윤창중　그런 말은 제 영혼에 대한 모독입니다.⋯ 윤봉길 의사에게 '이제 독립했으니까 문화체육관광부 장관하라'고 하는 격입니다.

물론 사흘 후 덥석 인수위대변인 자리를 수락하지만, 사흘이나 버텼다는 것 자체가 그가 욕심이라곤 전혀 없는 사람임을 보여준다. 그런 사람이 여자 인턴의 엉덩이에 욕심을 냈다는 게 말이나 되나? 만일 윤창중이 그런 짓거리를 한 게 사실이라면 그는 한입으로 두말하는 일구이언하는 자며, 표리부동하며 면종복배하는 자며, 입에는 꿀을 담고 뱃속에는 칼을 품은 '구밀복검'하는 자이리라.

셋째, 입이 더러운 자는 보통 손은 깨끗하다. 북한과 전쟁도 불사하겠다는 극우보수 인사 중 군대 안 간 사람이 많듯이 입으로는 욕이나 더러운 말을 많이 하는 사람들은 대개 싸움을 못하고 행동도 얌전한 경우가 많다. 윤창중은 우리나라에서 입이 더럽기로 소문난 자로, 안철수에게 "젖비린내가 폴폴 난다."고 일갈했고, 문재인 지지를 선언한 정운찬 등에게 "정치적 창녀"라고 한 바 있는데, 그가 청와대 대변인이 됐을 때 이 막말이 문제가 되어 사과까지 한 적이 있다. 속설이 맞다면 그는 말만 더러울 뿐 손은 비교적 깨끗해야 하지만, 기사 내용이 사실이라면 그는 말과 손과 성기가 삼위일체로 더러운 보기 드문 인물이 된다.

넷째, 박근혜 대통령의 눈을 믿자. 박대통령은 인사의 달인으로 불릴 정도로 사람을 잘 알아본다. 별장에서 성접대를 받았다는 의혹을 받는 김학의 전 법무부차관을 비롯해서 짧은 기간에 일곱 명을 낙마시킨 건 박대통령이 인사의 달인이 아니었다면 가능하지 않았으리라. 게다가 윤진숙이라는 진주를 모래 속에서 찾아내 해양수산부장관을 시킨 건 화룡점정이었다. 그런 대통령이 주위의 반대를 무릅쓰고 낙점한 분이 20대 여성 인턴의 엉덩이에 눈이 뒤집혀 성추행을 했다고 주장하는 건 박대통령의 독특한 심미안에 대한 중대한 도전이다.

윤창중이 성추행을 저지를 사람이 아니라는 건 이쯤 해두고 이제 세간의 의혹을 한방에 정리해준다.

1 **일찍 귀국한 이유를 윤창중이 "아내가 사경을 헤매서."라고 답변한 것에 대해**

지금쯤 윤창중의 부인이 사경을 헤매고 있을 건 확실한 일이니, 이건 거짓말이 아니라 예언이다. 그러니까 윤창중은 이 같은 일을 예측해 급거 귀국한 것이다.

2 **자기 카드로 미국에서 한국까지 항공료를 결제한 것에 대해**

국가 돈으로 외유에 나서는 인사들이 한둘이 아닌 판에 정상회담이라는 공적인 일로 미국에 갔으면서도 자기 돈을 쓴 윤창중의 행위는 칭찬을 해줘도 모자랄 일이다.

3 **박근혜 대통령이 '부적절한 행동'을 들어 윤창중을 경질한 것에 대해**

윤창중은 부인이 사경을 헤맬 것을 예측해 공무수행 중 일찍 귀국했다. 이제부터 그가 해야 할 일은 극진한 간병, 박대통령은 윤창중이 간병에 전념할 수 있도록 대변인에서 물러나게 했다. 그럼 부적절한 행동은 뭐냐면, 늘 공보다 사를 우선시하는 박대통령에게 아무리 사경을 헤맨다 해도 사적인 일

어떻게 쓸 것인가

로 공무를 팽개친 윤창중의 행위는 불미스러운 일이다.

이렇게 윤창중을 장황하게 변호했지만, 그에게 실망한 게 딱 하나 있다. 그는 "신체접촉은 있었지만 성추행은 아니다."라고 했는데 이건 아이돌 가수인 김상혁이 "술은 마셨지만 음주운전은 아니다."의 아류에 불과하다. 청와대 대변인쯤 되면 언어의 마술사라 할 만한데, 아무리 사정이 급박하다 해도 8년 전에 크게 화제가 된 발언을 우려먹는 건 대변인답지 못하다. 어찌되었든 아내 간병 때문에 공무를 팽개치고 귀국한 만큼 꼭 부인을 살려놓으세요. 제가 응원합니다, 윤열사님.

출근 전 30분도 안 돼 후다닥 쓴 이 글은 생각지도 않은 인기를 얻었다. 그 전까지만 해도 경향신문을 보는 분들에게만 알려졌는데, 여기저기 퍼 날라지면서 최고의 조회수를 기록했고, 더불어 내 지명도도 꽤 상승했다.

글을 오래 쓴다고 해서 좋은 글이 나오는 건 아니다. 때로는 괜찮은 아이디어만 있다면 짧은 시간에도 괜찮은 글이 나올 수 있다. 이 칼럼은 내 글의 특징이 된 '돌려까기'가 제대로 발현된 글이었고, 이 칼럼 덕분에 나는 칼럼니스트로 성공적인 삶을 살고 있다. 칼럼 이외에도 여기저기서 원고청탁이 들어오는데, 이쯤 되면 글로 뜨겠다는 목표는 어느 정도 이룬 셈이다.

○

쉬운 글의 미덕

○

책장이 잘 넘어가지 않아 사투를 벌였던 책이 여러 권 있는데, 그 중 대표적인 책이 《제2의 성》이었다. 오늘날의 여성학이 시몬 드 보부아르 Simone de Beauvoir에게 많은 빚을 지고 있고, 그녀가 쓴 《제2의 성》이 여성학의 시발점이지만, 이 책에 대해 기억나는 것은 무슨 말인지 이해가 안 돼서 마구 줄을 긋던 것밖에 없다.

"남자가 자진해서 여자에게 맡긴 다른 직능이 또 하나 있다. 여자는 남자의 활동의 목적이며, 또 남자의 결단의 원천이기 때문에 동시에 가치의 척도도 된다.… 남자에게 지배되는 여자는 남자에게 무관한 가치를 설정하지 않는다. 그렇다고 하지만 여자는 타자이기 때문에 남자들의 세계 외부에 머물러 있다. 그래서 그 세계를 객관적으로 파악할 수 있다. 각각 특수한 경우에 있어서 용기, 세력, 아름다움이 있고 없음을 알리고, 외부에서 그것들의 보편적 가치를 보증하는 것은 여자다."

《제2의 성》, 276~277쪽

어렴풋이 이해는 될지언정, 내가 이해한 게 맞는지 확신할 수는 없다. 이 책은 처음부터 끝까지 이렇다. 내 주변에는 이 책을 읽은 사람이 거의 없다. 그래서 그런지 책에 대한 리뷰도 몇 개 없다. 네이버에 올라온 유일한 리뷰는 이렇게 시작한다.

"휴~~ 무척 힘들었다. 지난 1년 동안 읽었던 책 중에서 제일 힘들게 읽은 책이다."[8]

나 역시 그랬다. 내게 인내심을 길러줬고 "너, 《제2의 성》 읽었어?"라며 주변 사람들의 기를 팍팍 죽일 수 있게 되었지만, 이 책만 읽어서는 여성학이 도대체 무엇인지 당최 알 수 없었다. 이건 번역본이라 그런 것만은 아니고, 원서 역시 일반인이 읽기엔 그리 만만한 책은 아닌 모양이다. 궁금했다. 보부아르는 어떤 마음으로 이 책을 썼을까? 여성학이보다 널리 확산되기를 바랐다면 좀 더 쉽게 썼어야 하는 게 아닐까? 아직도 여성이 사회적 약자로 있고, 남성과 비슷한 관습에 젖어 있는 여성도 많은 것은, 보부아르가 책을 너무 어렵게 썼기 때문이 아닐까?

책을 읽다 보면 이렇게 어려운 책들이 제법 있다. 물론 모든 책이 쉬

8)   http://blog.naver.com/yoonsh000/10068178376

PART 2

울 필요는 없다. 워낙 어려운 분야에 관한 책이라면 쉽게 쓰는 것 자체가 불가능할 수도 있다. 하지만 일반인을 상대로 내는 책이라면 쉽게 쓰려고 노력은 해야 한다고 생각한다.

쉬운 글의 요령

글쓰기를 평생의 목표로 삼기 전부터 쉬운 글에 대한 강박관념이 있었던 것 같다. 그런 글쓰기를 오래한 결과, 사람들은 내 글을 '쉽게 읽히는 게 장점'이라고 평가한다. 내가 생각한 쉬운 글쓰기의 요령은 다음과 같다.

첫째, 이해 못하는 얘기는 아예 꺼내지 말자. 자기도 잘 모르는 얘기를 하면 글이 어려워진다. 웜홀worm hole에 대해서 글을 쓴다고 해보자. 내가 아는 거라곤 영화에서 본, 우주의 한 끝에서 다른 끝으로 갈 때 웜홀을 통과하면 겁나게 빨리 갈 수 있다는 게 전부인데, 유감스럽게도 웜홀에 대해 글을 써달라는 청탁이 들어왔다. 내키진 않지만 자료를 뒤적여 공부한 뒤 글을 쓴다.

영화 〈인터스텔라〉에는 웜홀이라는 게 나온다. 웜홀은 우주공간에서 블랙홀과 화이트홀을 연결하는 통로를 말하는데, 블랙홀은 중력이 너무 커서 빛조차도 빠져나갈 수 없는 곳을 말하고, 화이트홀은 블랙홀과 반대로 어떤 물질도 들어갈 수 없는, 내뿜기만 하는 천체를 가리

어떻게 쓸 것인가

킨다. 만약 블랙홀이 회전을 하면 웜홀이 생긴다. 이때 블랙홀은 입구고 화이트홀은 출구가 된다. 즉 웜홀에 들어가면 우주의 끝에서 반대쪽 끝까지 겁나게 빨리 갈 수 있다.

무슨 말인지 이해가 안 된다. "블랙홀이 회전하면 왜 웜홀이 생겨?" "왜 블랙홀이 입구고 화이트홀이 출구야?" 나 역시 왜 그런지 몰라 대답할 수 없다. 다만 아는 척 글을 썼을 뿐이다. 이런 사태를 피하려면 웜홀에 대한 글을 쓰지 말아야 한다. 웜홀에 대한 청탁은 무조건 거절하고, 여기에 대해 언급하는 것도 하지 않는 걸 원칙으로 삼는 거다.

다른 주제에 대해서도 마찬가지다. 모르는 얘기는 쓰지 말자. 그 대목이 글에 꼭 필요하다 해도 다른 내용으로 대체하든지, 자기가 이해한 부분만 써야 한다. 완벽하게 이해하지 못한 내용을 쓰면 글이 어려워진다는 사실을 명심하시길.

둘째, 문장은 짧을수록 좋다. 학회에서 발표가 있었고 이떤 분이 질문을 한다. 그 질문은 무려 3분 30초짜리였고, 난 그가 무엇을 물었는지 알 수 없었다. 긴 말이 알아듣기 어려운 것처럼 문장도 길어질수록 어려워진다. 우선 주어가 무엇이고 서술어가 무엇인지 헷갈린다. 그런데도 긴 문장을 구사하는 것은 그렇게 해야 유식해 보이기 때문이다. 글은 자신을 드러내는 수단이기도 하니, 이왕이면 유식해 보이고 싶고, 그럴 필요가 생길 때도 있다. 하지만 글을 쓰는 진정한 목적이 다른 사람과의 소통이라면, 글은 짧게 쓰는 게 맞다.

나는 어제부터 밥을 먹지 못했기에 배가 무지하게 고팠고, 먹을 게 없는지 냉장고를 두 시간 동안 뒤진 끝에 마땅한 음식을 찾을 수가 없었기에 할 수 없이 어머니한테 혹시 먹을 게 없느냐고 전화를 드렸다.

어제 저녁을 굶은 탓에 배가 무지하게 고팠다. 냉장고를 두 시간 가까이 뒤졌지만 먹을 것을 찾을 수가 없었다. 할 수 없이 어머니한테 전화를 걸었다 "혹시 먹을 것 좀 있을까요?"

자, 둘 중 어떤 글이 더 빨리 이해되는가? 내용이 쉬우니 긴 문장을 써도 이해는 가지만, 가독성 면에서 아래 글이 훨씬 낫다.

쓸데없이 유식하게 보이려고 문장을 길게 쓰지 말자. 두 문장을 하나로 합치는 정도면 괜찮지만, 세 문장을 합치면 벌써 읽기가 힘들어지고, 글쓴이 자신조차 주어, 서술어를 헷갈리기 시작한다.

셋째, 적절한 비유를 활용하자. 좋은 비유는 글을 쉽게 만든다. 기생충이 알레르기를 감소시킨다는 글을 쓴다고 해보자.

알레르기는 면역글로불린 E라고, 우리가 흔히 항체라고 아는 물질이 비만세포에 달라붙고, 비만세포는 이에 반응해서 히스타민이라고, 콧물과 재채기 등을 유발하는 물질을 내뿜는다. 그런데 기생충에 걸리면 기생충에 대한 면역글로불린 E가 비만세포에 이미 달라붙어 있어서 알레르기를 일으키는 면역글로불린 E가 비만세포에 붙을 수가 없다. 신기한 것은 기생충에 대한 면역글로불린 E는 비만세포에 붙어도 히스타민 분비를 일으키지 않는다는 사실이다. 그 결과 기생충에 걸리면 알레르기 증상이 줄어든다.

어떻게 쓸 것인가

이렇게만 쓰면 이해가 잘 안 되니, 이해를 돕기 위해 아래 문장을 추가해보자.

비유를 하면 이렇다. 밥솥 안에 상한 밥이 있다. 그 밥을 먹으면 100% 탈이 난다. 그래도 배고픈 것보다는 배 아픈 게 낫다고 생각해 밥을 먹으려는데, 기생충들이 밥솥 주위를 철통같이 지키고 앉아 못 먹게 하고 자기네가 다 먹어버려 우리가 식중독에 걸리지 않는 것이다.[9]

상한 밥으로 비유하니 훨씬 빨리 이해된다. 적절한 비유는 좋은 글의 요소이기도 하지만, 글을 쉽게 만드는 데도 꼭 필요하다.

넷째, 대화체를 이용하자. 문어체보다는 구어체가 훨씬 더 잘 읽힌다는 점을 감안하면, 핵심적인 내용을 대화체로 하는 것이 글을 쉽게 만드는 원동력임을 이해할 수 있으리라. 실제 예를 하나 들어보자.

기생충이 우리 몸에 들어오면 숙주를 지키는 면역세포로부터 공격을 받는다. 기생충 입장에서 이게 짜증날 수 있다. 면역세포도 마찬가지다. 숙주가 명령하길 수상한 자가 나타나면 공격을 하라고 해서 몰려오긴 했지만, 기생충이 외모와 달리 그렇게 나빠 보이지 않은데다, 결정적으로 크기가 너무 커서 아무리 때로 방어해도 물리치기가 쉽지 않다. 그래서 둘 간의 타협이 이루어진다. 기생충에 감염됐을 때 기생충은 숙주의 면역을 억제하는 물질을 분비하도록 만드는데, 그 결과

---

9) 알레르기와 기생충, 네이버캐스트, http://navercast.naver.com/contents.nhn?rid=23&contents_id=161

조절 T세포가 증가한다.

이걸 대화체로 바꾸면 훨씬 더 쉽게 이해할 수 있다.

기생충은… 크기도 엄청나게 큰 데다 빠르기까지 하니, 기껏해야 세포인 면역세포 입장에서는 상대하기가 어려워도 너무 어려웠다. 기생충에게도 면역세포는 골치 아픈 존재였다. 크기가 작다고 무시했지만, 숫자도 많고 또 끊임없이 공격해 오니 솔직히 피곤했다. 기생충과 면역세포 사이에 슬슬 평화의 기운이 퍼지기 시작했다. 결국 둘은 협상 테이블에 앉는다.

기생충이 먼저 입을 연다.

"숙소와 먹을 것만 제공한다면 건드리지 않겠소."

면역세포가 답했다.

"좋소. 그 대신 다른 곳에 가지 말고 꼼짝 말고 거기 있으시오."

대타협이 이루어졌다. 기생충은 숙주를 괴롭히지 않았고, 숙주도 면역을 작동시키기보다 오히려 면역을 억제하는 기현상을 보였다. 이게 점점 일반화되면서 인간과 오래 같이 산 기생충들은 사람 몸에 들어오면서 신호를 보냈다.

"어이! 나여 나. 십이지장충. 나 알지?"

숙주도 화답했다.

"어. 자네구만. 방 따뜻하게 해놨으니 편히 쉬다 가."

《서민의 기생충 열전》, 서민, 21~22쪽

이 글의 핵심은 기생충과 면역세포의 타협 장면이다. 이 부분을 대화체로 표현했더니 이해하기가 보다 쉬워졌다. 그 뒤 십이지장충을 등장시켜 세포반응에 대해 확실하게 이해시키고 더불어 깨알 같은 재미까지 더했다.

다섯째, 흥미를 유발하는 이야기를 쓰자.

"술의 신 디오니소스는 죽은 어머니의 몸에서 꺼내어져 아버지의 몸속에서 산달을 채우고 태어난 비극의 주인공이었다." [10]

'하리하라'라는 필명으로 널리 알려진 과학저술가 이은희 선생은 늘 그리스 신화로 글을 시작한다. 신화 자체가 재미있기도 하지만, 신화를 인용해 앞으로 전개될 내용을 쉽게 읽도록 구성한 것이다.

여기서 착안해서, 나는 메디나충에 대해 쓸 때 성서에 나오는 메디나충 관련 대목을 집어넣었다. 신화만이 성납은 아니니 성경처럼 널리 알려진 이야기나 알려지지 않았더라도 흥미로운 이야기를 활용하면 될 일이다.

예를 들어 유구낭미충에 관한 글을 쓸 때 시저[J. Caesar]의 발작을 유구낭미충이 원인이라고 주장한 논문을 인용했다. 선모충에 관한 글에서는 모차르트[W. A. Mozart]의 사인이 선모충일 가능성을 언급한 바 있다. 유명한 사람과 기생충을 연결시키지 못할 때는 어떻게 해야 할까. 유명인이 아니더라도 다른 사람들의 이야기는 대체로 흥미롭게 받아들여진다.

---

10)   술, 이은희, 네이버캐스트, http://navercast.naver.com/contents.nhn?rid=21&contents_id=1506

기생충 관련 글을 쓸 때 해당 기생충에 감염된 환자 이야기로 시작하여 전개하면 독자의 흥미를 끌 수 있고, 신문에 나온 기생충 기사를 인용해도 흥미로운 글을 쓸 수 있다.

쉽게 쓰자. 없어 보이는 게 두렵겠지만, 아는 사람은 안다. 쉽게 쓸 수 있는 사람이야말로 그 방면의 진정한 고수라는 것을.

○

솔직함이 제일이다

○

"너, 이거 아무한테도 말하지 마."

좀 친해졌다 싶으면 오가는 말이다. 이런 말을 하는 이유는 도대체 뭘까. 자신의 비밀을 털어놓아야 둘 사이의 우정이 더욱 단단해진다고 믿기 때문이다. 이런 믿음에 근거가 없는 것은 아니어서, 사람들은 감추고 싶은 비밀을 무척 가까운 사이가 아니면 말하지 않는다. 반대로 비밀을 공유하지 않는 사람이나 자신을 드러내기보다 자꾸 숨기려고 하는 사람과는 가까워질 수 없다.

저자는 글을 통해 독자와 관계를 맺는 사람이다. 저자가 독자와 관계가 친밀해지려면 어떻게 해야 할까. 정답은, 솔직하게 쓰는 것이다. 솔직하게 써야 읽는 이들을 감동시킬 수 있다.

인간관계의 기본은 솔직함

솔직한 글쓰기의 가치를 알게 된 것은 대학교 1학년 때였다. 동아리 회원들끼리 봉사활동을 다녀온 날, 그간 수고했다는 의미로 학년별로 찢어져 여흥을 즐겼다. 우리 학년이 간 곳은 나이트클럽이었다. 지금은 좀 나아졌지만, 그때 나는 나이트클럽에 적대적이었다. '그런 곳은 노는 애들이나 가는 곳'이라는 모범생 의식이 나를 지배했던 시절인데, 그런 내게 화려한 사이키조명과 거기에 맞춰 춤을 추는 사람들의 모습이 좋아 보일 리 없었다.

나는 스테이지에 단 한 번도 나가지 않았고, 앉아서 술만 들이켰다. 다행히 나 같은 친구가 두어 명 더 있어서 외롭진 않았는데, 분위기는 점차 썰렁해졌고, 우리 동기들은 중간에 나와 그냥 집으로 가고 말았다.

그날의 행동에 대해 반성했던 건 아니다. 단지 내가 좋아했던 여자애가 날 벌레 보듯이 보던 광경은 계속 마음에 걸렸다(그래서 기생충학을 선택했다는 설도 있다). 안 되겠다 싶어 그녀에게 편지를 썼다.

"○○야, 내가 사실은 나이트에 대한 안 좋은 추억이 있어. 거기서 춤추는 것에 대해 적대감을 갖고 있는 거지. 그런데 너희들이 그렇게 춤을 추니까 좀 실망했어. 하지만 지금 생각해보니 분위기를 전혀 맞춰주지 못하고 내 고집대로 한 건 분명 잘못한 거지. 미안하고, 앞으로는 노력해볼게."

그녀에게서 곧 답장이 왔다. 내 편지에 그녀는 물론이고 어머니와 동생까지 한꺼번에 감동했는지, 편지에는 이런 말이 적혀 있었다.

"편지를 읽고 동생이 그러더라. '민이 정말 괜찮은 애네'라고."

글쓰기 지옥훈련을 시작하기 전이라 그리 잘 쓴 편지는 아니었지만, 그 편지엔 당시 내 마음을 그대로 옮겨 적은 솔직함이 있었다. 그 후 그녀와 연인 사이로 발전한 건 아니었지만, 그래도 그녀와 지금까지 좋은 친구관계를 유지할 수 있었던 건 순전히 그 편지 덕분이다.

인터넷 서점 알라딘 블로그에서 활동할 때 내 글이 인기를 끈 이유를 '유머의 힘'이라고 한 적이 있다. 하지만 그게 전부는 아니다. 자신을 낱낱이 고해바치는 솔직함이 없었다면, 내 유머는 번지수를 찾지 못한 채 방황했을 것이다. 《헌법의 풍경》이란 베스트셀러를 쓴 김두식 선생은 내게 이런 말을 했다.

"나도 꽤 글을 솔직하게 쓰지만, 서민 선생 글은 정말 적나라하게 솔직하네요."

김선생이 말한 것처럼 '적나라하게' 솔직한 글쓰기는 내 글 전반에 나타나는 특징이다. 다음은 블로그 활동 초창기에 쓴 새해포부 중 일부분이다.

난 내가 무능력한 인간이라고 생각한다. 말이야 바른 말이지, 특별히 잘하는 게 없다. 강의를 잘하는 것도 아니고, 교수라면 반드시 해야 할 연구 면에서도 자타가 공인하는 바닥이다. 의사면허는 있지만 환자를 볼 능력도 없는데다. 지인들이 가끔씩 자문을 구할 때도 헛소리만 남발한다. 그러니, 내가 학교에서 잘리기라도 한다면 다른 일자리를 구하는 건 거의 불가능하다. 내 생각에 난, 좋은 학교를 나왔다는 이유만으로 교수가 되었고, 교수라는 직위를 이용해 허구헌날 술만 퍼마시는 인간이다. 그러고 보니 내가 잘하는 게 딱 하나 있다. 연속해서 술마시기!

'새해포부', 2003년 12월 20일

　　지금까지 난 세 권의 책을 써냈다. 말이 세 권이지, 앞의 두 권은 '책'이라는 고상한 명칭을 붙이기엔 낯이 뜨겁다. 사실상의 저서는 그러니까 작년에 냈던 책 하나뿐이지만, 그게 앞의 책들보다 낫다는 거지, 뭐 그리 잘 썼다든지 그런 건 아니다. 내용에 걸맞게 그 책은 불과 수백 권이 팔렸고, 그 중 상당수를 내가 샀다. 달라는 사람들을 만족시켜 주기 위해서 말이다. 수준에 무관하게, 난 1년에 한 번씩 책을 내고 싶었다. 책을 내는 게 재미있기도 하고, 계속 내다 보면 언젠가는 나도 책다운 책을 쓸 수 있지 않을까 해서였다. 하지만 올해 책이 나오지 않음으로써 그 계획은 둘째 해에 이미 실패하고 말았다. 사실 올해도 한 권 책을 내고 싶었다. 하지만 그게 잘 안 됐다. 지금까지 영세한, 혹은 무성의한 출판사에 치인 나머지 이번만큼은 제대로 된 출판사에서 책을 내고 싶었던 것이 이유였다. 여러 군데 메일을 보내봤지만, 그럴 듯한 출판사들은 하나같이 내 제의를 거절했다. 내가 전업작가가 아니니 다행이지, 책만 바라보고 사는 사람이었다면 정말 서러울 뻔했다.

'2월을 기다리며', 2003년 12월 23일

내 글 대부분은 '자기비하'에 가까운 솔직한 글들이 주를 이룬다. 문제는 그게 자기비하가 아니라 거의 사실에 가까운 얘기를 쓴 것뿐인데, 읽는 이들 입장에서는 짠한 마음이 들기도 하는가 보다. 물론 이런 솔직한 글쓰기가 나 자신만을 향한 것은 아니다. 대학사회의 그늘이라든지 의사들의 문제점, 의료 문제에 대해 느낀 것 등, 시선을 집단이나 사회로 넓혀 가감 없이 솔직하게 글로 담아냈다. 이 솔직함에 끌린 사람들이 서서히 블로그를 방문하기 시작했고, 황무지에 가깝던 글에도 댓글이 주렁주렁 달렸다.

○

술 일기를 쓰다

점점 높아가는 인기에 날개를 달고자 시작한 것이 바로 '술 일기'였다. 사람은 술을 마시면 자기 속내를 드러내기 마련인데, '술 일기'는 내가 술을 마시면서 했던 행동들을 글로 옮겨 솔직함의 결정판을 보여주자는 취지였다.

알파는 투명비닐로 벽을 만든 커다란 포차에 우아하게 앉아 있었다. 안주를 하나씩 골랐다. 그는 조개탕을, 나는 계란말이를. 그는 정말 조개를 좋아했다. 그가 앉은 쪽 테이블엔 그가 먹어치운 조개껍질이 산처럼 쌓였다.

"조개 정말 잘 먹네요?"

이렇게 말하는 건 격려가 아니다. 나도 좀 먹자는 절규다. 그럼에도 그는 "뭘요." 하면서 계속 조개를 먹었다. 그래, 자기가 시킨 안주니까 뭐.

문제는 계란말이가 나왔을 때였다. 김치가 안에 든 두툼한 계란말이, 난 한 개를 삼등분해가지고 아껴 가면서 먹었다. 그랬는데 그는 거의 한입에 계란말이 하나씩을 삼킨다. 원래 안주 가지고 뭐라고 안 그러는데 한마디 했다.

"계란도 잘 드시네!"

그제야 그가 젓가락을 놓았다. 남은 계란말이 두 개 다 나더러 먹으란다. 먹었다. 그가 입을 연다.

"사실은 제가 저녁을 안 먹었어요."

가슴이 아팠다. 이 시각까지 밥을 안 먹다니, 얼마나 배가 고팠을까. 빈속에 마시는 소주는 얼마나 독할까. 세상의 안주발엔 다 이유가 있는 법. 난 구박해서 미안하다고 했다. 그는 아무 말도 하지 않았다.

'안주발', 2007월 3월 8일

고깃집에서 고기를 먹었는데, 자리가 방밖에 없다. 책상다리를 하고 앉았다가 '북' 소리가 났다. 순간적으로 얼굴이 하얗게 변한다. 작년엔 잘 맞던 코르덴바지인데, 내가 아직도 성장기라서. 황급히 바지라인을 만져본다. 어디가 터진지 잘 모르겠다. 일단 고기를 먹고 난 뒤 화장실에 가서 바지를 벗어본다. 바지가 터진 건 아니고, 팬티가 찢어졌다. 다행이다. 안 그랬다면 월요일 날 또 바지 사러 다녀야 할 뻔했다. 따지고 보면 이건 다 빨래가 밀린 탓이다. 다린 게 몇 개 없어서 좀 작다 싶은, 작년에도 겨우 입었던 걸 가져갔는데, 결국 터진 거다. 그래도 미녀는

어떻게 쓸 것인가

그 사실을 모르고, 난 시원해서 좋았다. 무척이나 즐거운 술자리, 덕분에 나의 주말은 아름다웠다.

'미녀의 선물', 2006년 4월 8일

　소주 시장의 공룡은 뭐니 뭐니 해도 참이슬이다. 두산에서 아무리 특별한 소주를 만들어내도 입맛에 길들여진 참이슬을 이길 수는 없었다. 최근 출시된 '처음처럼' 역시 초창기의 점유율을 바꾸지 못했고, 내 주위 사람 중 처음처럼을 먹는 사람은 극히 드물다. 나 또한 처음처럼이 쓰게 느껴져 쭉 참이슬만 시켜 왔다. 그러던 어느 날, 이들이 과연 소주맛을 아는지 궁금해졌다. 그래서 잔 두 개에 처음처럼과 참이슬을 한 잔씩 따른 후 어느 게 참이슬이냐고 물었다. 결과는 참담했다. 세 명 모두 답을 틀려버린 것. 그 중 한 명은 "처음처럼은 도저히 못 먹겠더라."며 참이슬을 열렬히 옹호한 사람이었다. 이번 지도학생 모임에서 그길 다시 시도했다. 내 멍이 도전했고, 모두 틀렸다. 우리가 술을 마시는 건, 그러니까 브랜드를 마시는 것과 같다. 모르고 먹으면 괜찮을 텐데, 상표가 있으니 더 맛있게, 혹은 더 맛없게 느껴지는 거다.

'참이슬 vs 처음처럼', 2006년 4월 26일

　술 일기는 나를 알라딘의 전설적인 존재로 만들어줬다. 주당 3회씩 술을 마시면서도 매번 다른 주제로 글을 쓸 수 있었던 건 당시 경험을 주저하지 않고 솔직하게 글로 옮겨 쓴 덕분이었다.

　라디오에 가짜 사연을 보내면 어떻게 될까? 아마도 작가나 프로듀서에게 들통이 날 테고, 혹시 방송을 타더라도 시청자들의 레이더망에 걸릴 것이다. 허구를 만들어내려면 여러 가지를 조작해야 하는데, 그중 어떤 것이든 어설플 수밖에 없다.

최고운이란 분이 있다. 프리랜서 일을 하는 30대 여성인데, 그분이 처음으로 낸 책《아무 날도 아닌 날》은 그녀 자신이 살아오면서 겪은 자전적 수기로, 그 솔직함의 강도가 장난이 아니다. 솔직한 글쓰기로 자부하던 나도 까무러칠 정도다. 사람들은 2~30대 여성들이 겪는 일들을 솔직하게 짚어준 그 책에 열광했고, 책을 출간한 지 한 달도 안 돼 2쇄를 찍었다.

지명도가 없는 30대 여성이 좀 팔리는 에세이를 쓴다는 건 거의 기적에 가까운 일인데, 그 기적을 이뤄준 것이 바로 그녀의 솔직함이었다. 원래 허구인 소설을 쓰는 경우가 아니라면 솔직한 글을 쓰자. 체면 때문이든 뭐든, 불리한 대목을 어설프게 포장한 글은 아무런 동정이나 감동도 주지 못한다.

잘 차린 밥상은 좋은 재료 탓?

글을 쓸 때 가장 먼저 해야 할 일은 '재료 모으기'다. 재료가 많다고 음식이 맛있는 것은 아니지만, 재료가 충분하지 않으면 맛있는 음식을 만들기 어렵다. 남들이 다 아는 사실을 가지고 글을 쓰면 재미가 떨어지므로, 자료조사를 통해 생소한 하지만 흥미를 가질 만한 일들을 집어넣어 글을 풍부하게 만들 필요가 있다.

과거의 칼럼니스트들은 재료를 모으기 위해 정보원을 직접 만나야 했다. 그 사람이 유력인사라면 더 유용했다. 유력인사의 입에서 나온 정보들은 일반인들은 잘 모르는 흥미로운 것들일 테니, 이런 재료로 칼럼을 쓰면 아무리 못 써도 기본은 된다.

다른 이의 말을 인용하는 게 유리한 점은 또 있다. 사실과 다르다고 추궁을 받을 염려가 없다는 점이다. "저 사람이 분명히 그렇게 말했어요."라고 말하고 한발 뒤로 물러서면 그만이다.

맛있는 요리가 쉽게 만들어지다 보니 유력인사의 말을 인용하는 칼럼은 지금도 널리 쓰인다. 조선일보 김창균 사회부장의 글을 보자. 정부청사가 세종시로 옮겨가 불편하다고 주장하며 다음과 같은 내용이 나온다.

···이 대목에서 최근 전·현직 관료들을 만나 들었던 얘기가 생각났다. 국무총리실 출신 퇴직공무원은 한두 마디 안부를 주고받은 끝에 불쑥 이런 말을 했다."현직에 있는 공무원들을 만나 보면 다들 공중에 붕 떠 있다. 공직 사회가 둥둥 떠다니는 느낌이다." (중략) ··· 반면 경제부처 국장급 인사 A씨는 "세종 정부청사와 근처 집 사이만 오가며 세종시 붙박이가 된 후배 공무원들이 더 걱정"이라고 했다.

'도로 위 과장과 세종시 붙박이 사무관', 〈조선일보〉, 2015년 2월 4일

공무원 연금개혁을 다룬 송호근의 칼럼은 아예 다른 분의 말로 시작한다.

"하기는 해야 하는데···." 고위직 관료로 퇴직한 친구가 말끝을 흐렸다. 내가 더 묻자 말을 이었다. "속 심정을 알아주지 않아 섭섭한 거지." 이 두 마디가 요즘 논란 중인 공무원 연금개혁의 요체다.

'공무원 수난시대', 〈중앙일보〉, 2014년 11월 4일

이 칼럼에서 인용한 '국무총리실 출신 퇴직공무원', '경제부처 국장급 인사', '전 고위직 관료' 등은 모두 해당 분야의 전문가라 할 분들이라, 말에 무게가 실린다. 하지만 이런 분들을 만나는 것은 아무나 할

수 없는 일. 그래서 옛날에는 칼럼을 아무나 쓸 수 없었다. 물론 대안
이 없었던 것은 아니다. 그 한 가지가 지인의 말을 인용하며 '이게 나
만의 생각은 아니'라고 우기는 것이었다. 그런데 여기에는 문제가 있
다. 직함이 그럴듯하지 않으면 사람들이 신뢰하지 않을 수 있다는 점
이다. 이렇게 글을 쓴다고 해보자.

"공무원 연금개혁, 하기는 해야 하는데…." 천안에서 36년째 반찬가
게를 운영하는 친구가 말끝을 흐렸다.

반찬가게를 폄하하는 게 아니라 반찬가게만 한 사람이 공무원 연금
개혁에 대해 이야기하는 건 왠지 어색하다. '말끝을 흐렸다'도 퇴직공
무원이 그러면 할 말이 더 있지만 남들 눈을 의식해서 차마 하지 못한
것으로 받아들여지나, 반찬가게 친구가 말끝을 흐린 것은 잘 몰라서
그러는 깃 같다. 그 대안으로 대두된 것이 '택시기사'다. 수많은 사람
을 상대하는 택시기사는 여론을 누구보다 잘 알고 있다고 여겨져, 칼
럼에 자주 등장하는 단골인물이었다. 또 "누가 그런 말을 했느냐?"고
추궁해도 찾아낼 방법이 없으니 안전하다. 좀 오래된 칼럼이긴 하지만
다음 글을 보자.

추석대목에 만난 택시기사가 이런 말을 했다. "요즘 같은 불경기에
월급 주는 기업인보다 더 훌륭한 사람이 어디 있겠습니까. 세상에 누
가 돈을 줍니까. 월급 주는 기업인이 열 대통령보다 낫습니다."

'중심 의제가 안 보인다', 송진혁 칼럼, 〈중앙일보〉, 2005년 5월 21일

왠지 택시기사의 말이 국민의 소리로 느껴지지 않는가. 유력인사를 알지도 못하고, 택시를 자주 타지 않는다고 해서 이 같은 글을 못 쓰는 것은 아니다. 요즘에는 인터넷 검색만 잘해도 얼마든지 재료를 모을 수 있다. 이슈가 되는 사건은 수백, 수천 건의 관련기사가 올라와 있으니, 최소한 재료가 없어서 쩔쩔매는 일은 없다.

뉴스 이외에 블로그를 잘 찾아봐도 남들이 잘 모르는 것을 찾아낼 수 있다. 물론 블로그에서 인용한 것들은 반드시 사실 여부를 확인해야 한다. 나중에 문제가 됐을 때 '블로그에서 봤다'며 블로그 주인장을 걸고 넘어져봤자 책임을 모면하기 어렵다. 아무튼 인터넷 덕분에 칼럼을 쓰는 주체가 다양해져, 나처럼 조용히 기생충을 연구하던 사람도 글을 쓸 수 있게 됐다. 이제는 정보원 관리보다 누가 더 검색을 잘하느냐, 어떤 관점으로 사건을 볼 것이냐, 하는 것들이 더 중요해졌다.

○

재료 모으기

2014년 말 화제가 됐던 조현아 부사장의 대한항공기 회항 사건에 대해 글을 써보자. 네이버에 '조현아 회항'을 넣고 검색하면 2만 건 이상의 뉴스가 나온다. 이 정보 분량이면 필요한 기사를 찾아내기도 어렵다. 다행히 이 사건을 잘 정리해놓은 블로그가 여럿 있으니, 그걸 참조해보자(개인적으로 엔하위키 미러를 추천한다). 한 블로그[11]에 따르면 조현아 회항사건의 개요는 다음과 같다.

어떻게 쓸 것인가

1 　대한항공의 일등석에서는 땅콩을 덜어서 접시에 담아 제공하는데, 조현아 부사장은 땅콩을 봉지째로 받는다.

2 　화가 난 조부사장은 승무원을 다그치고, 사무장을 불러 서비스 매뉴얼을 확인해보라고 한다.

3 　갑자기 불려나온 사무장은 매뉴얼을 제대로 찾지 못했다.

4 　화가 난 조부사장은 사무장에게 내리라고 했다.

5 　조부사장은 기장에게 지시해 비행기를 탑승구로 돌아가도록 했고, 그러느라 비행기의 이륙이 24분 지연됐다. 당시 비행기에 타고 있던 승객은 250명이었다.

대충 이 정도 재료를 가지고 글을 쓴다고 해보자. 어떤 관점이 가능할까. 가장 흔히 생각할 수 있는 것이 조현아의 갑질에 대한 비판이다. 간단하게 전개해보자. "때가 어느 때인데 아직도 이런 일이 일어나는가? 중세시대 공주라도 이런 짓은 못했을 것이다."

물론 중세시대의 공주는 더한 짓도 했을 것이지만, 이래야 조현아를 더 욕 먹일 수 있기 때문에 이런 비유가 곧잘 쓰인다. 그렇다 하더라도 시대 운운하는 비판은 무난하긴 해도 별 재미는 없다.

비행기를 돌린 행위에 대한 비판도 가능하다. "겨우 그깟 일로 비행기를 돌리는 건 그녀가 아무리 부사장이라 해도 용납할 수 없다. 그 때문에 승객 250명이 24분씩 손해 봤다." 이와 같은 관점은 사실을 나열한 것에 불과하며, 그다지 흥미롭지도 않다.

11)　http://blog.naver.com/wjdwja112/220261041914

앞서 추천한 블러거 엔하위키 미러처럼 체계적으로 정리된 사이트에 나온 정보를 인용하며 글을 전개해나가면 글이 훨씬 더 멋지게 변한다. 다음을 보자.

원래 땅콩은 봉지를 까지 않고 보여준 뒤 서비스를 하는 게 맞다. 미국인 중 땅콩에 알레르기가 있는 사람의 비율은 1.4%인데, 이런 분들에게는 땅콩 봉지를 까서 서비스하면 괜히 땅콩만 낭비하는 셈이 되니, 먼저 보여주는 게 맞다. 그런 면에서 본다면 조현아 부사장에게 땅콩을 봉지째 보여준 승무원은 매뉴얼에 맞게 행동한 것이며, 매뉴얼을 모른 것은 오히려 조부사장이었다.

글이 훨씬 분석적이고 핵심을 찌르는 느낌이다. 흥분해서 욕하는 대신 객관적인 사실을 나열해 조부사장을 한층 욕보이고 있다. 아침에 커피를 마시면서 이런 글을 읽었다면 연방 고개를 끄덕이면서 "역시 커피는 믹스야!"라고 외칠지도 모르겠다. 하지만 중요한 것은 역시 재료, 여기서 일등석 승객의 증언을 추가해보자.

조부사장은 땅콩이 매뉴얼대로 제공되지 않았다며 승무원을 닦달했다. 그 광경을 지켜본 다른 승개에 따르면 조부사장이 '고성을 지르고, 밀치고, 파일을 던졌다'고 한다. 비행기 안을 K1 경기장으로 안 것인가?

재료가 하나 더 추가되니까 단순한 사실의 나열이라 해도 좀 더 생동감이 넘친다. 내친 김에 다음과 같이 지어낸 이야기를 추가해보자.

정통한 소식통에 따르면 조부사장은 평소 행동에도 문제가 많았다고 한다. 그녀가 대한항공과 같은 재단인 인하대 병원에 나타나는 날이면 병원 직원들은 초비상이 걸렸단다. 자기가 병원에 왔는데 병원장이 나오지 않았다고 히스테리를 부렸고, 한 간호사는 조부사장의 남편에게 웃으며 인사했다는 이유로 잘렸다니, 제왕도 이런 제왕이 없다. 그렇게 본다면 조부사장이 이번에 비행기를 돌린 것은 평소 행동의 연장이지 결코 놀랄 일은 아니다.

이건 물론 가정이고, 조부사장은 그런 사람이 절대 아니지만, 이런 얘기를 덧붙이면 글이 훨씬 짜릿해진다. 자신만 아는 좋은 재료가 있으면 좋은 칼럼이 나올 수밖에 없다는 것을 이제는 이해할 것이다.

특별한 재료를 구할 수 없는 사람이라 해도 재미있는 글을 쓸 수 있다. 남들이 흔히 하는 것과 다른 관점을 취하는 것이다. 개인적으로 조현아 사건과 관련해 가장 흥미로운 칼럼은 한승범 맥신코리아 대표의 것이었다. 그 중 일부 대목을 인용한다.

'은수저'란 '부와 명예는 물론, 아름다움과 건강을 물려받고 태어났다'는 의미를 가지는데, 거기에 가장 어울리는 재벌3세 중 한 명이 바로 '조현아 대한항공 전 부사장'이다. 미국 명문 코넬대 호텔경영학 학사와 173센티미터의 늘씬한 키에 고현정을 연상시키는 수려한 외모는 모든 이의 부러움을 자아낼 만하다. 이는 달리 보면, 남녀노소 모두에게 '비호감'으로 비칠 만한 필요충분조건을 갖추었다는 뜻도 된다.… 조현아 전 부사장에 대한 대중의 '비호감'이 사건 자체보다 더 큰 영향을 끼치고 있는 것이다. 한마디로 '괜히 싫다'가 '땅콩회항' 사태를 추동하는 가장 큰 요소인 것이다.

<시민일보>, 2014년 12월 18일[12]

한대표는 조부사장에 대한 대중의 시기와 질투가 필요 이상의 공격을 유발하고 있다고 주장한다. 이 칼럼은 여러 면에서 흥미롭다. 우선 세상이 조현아를 욕할 때 '그건 다 가진 자에 대한 시기와 질투 때문'이라고 반박하고 있다. 실제로 그런 측면이 없지는 않을 것이다. 기장의 노모가 비행기를 돌렸다면 이렇게까지 욕을 먹진 않았을 테니까.

문제는 한대표가 '다 가졌다'는 것을 강조하려고 조부사장을 고현정에 비유했다는 점이다. 고현정이 <미실>에 나온, 우리가 아는 그 고현정이 맞다면, 조현아를 보면서 고현정을 연상했다는 건 개인의 취향일 뿐 보편적인 시각은 아니다. 아무리 봐도 둘 사이의 공통점은 키밖에 없는데, 김태희의 키가 160센티미터라고 해서 160센티미터 여자를 볼 때마다 김태희를 연상하지는 않는다.

사람이란 참 신기한 동물이라 하얀 옷에 김칫국물이 한 방울 튀면 그 사람을 볼 때 그 얼룩에만 시선이 가는 것처럼, 수긍이 가는 주장이 담긴 이 칼럼에서 사람들은 '고현정을 연상시키는 수려한 외모'밖에 보려 하지 않았다. 개인적인 취향은 되도록 자제하는 게 좋다는 뜻이다.

이상을 정리하면 다음과 같다. 글을 쓸 때 중요한 두 가지 요소는 재

12) http://www.siminilbo.co.kr/news/articleView.html?idxno=381573

료와 관점이다. 재료는 많이 모을수록 좋고, 잘 알려지지 않은 것이 있다면 글에 생동감을 불어넣을 수 있다. 재료를 모으기 귀찮다면 기존 재료를 가지고 관점을 바꿔서 쓰는 방법도 있다. 자신만의 관점을 가지려면 한 사건을 가지고 여러 관점으로 글을 써보는 연습을 하라. 그러면 좋은 글을 쓸 수 있다.

○

어떻게 글을 시작할 것인가

○

글의 기본원칙은 '기-승-전-결'이다. 먼저 글을 쓰게 만든 에피소드가 나오고, 그 다음으로 에피소드에서 의미를 이끌어내 문제를 제기한다. 그 다음에는 반전이 있어야 하며, 이것들을 종합해서 결론으로 이끄는 것이 우리나라의 전통적인 글쓰기 양식이다. 물론 글이 꼭 정해진 틀을 따라야 한다는 법은 없다. 하지만 이 양식을 따르면 비교적 무난한 글을 쓸 수 있다. 예를 들어 '사슴고기 양성화'에 대해 쓴다고 생각해보자.

기   사슴고기를 먹었는데 맛있더라.

승   이렇게 맛있는 고기를 우리나라는 왜 안 먹고 있을까?

전   사슴고기가 맛은 있지만 노린내가 나는 단점이 있다.

결   그깟 노린내 때문에 천혜의 건강식품을 외면해선 안 된다.

(이건 글을 쓰기 위한 예시일 뿐, 과학적으로 증명된 건 아니다.)

여기서 가장 중요한 부분이 바로 '기', 즉 도입부다. 드라마도 첫 회를 보고 계속 볼지 말지를 결정하는 경우가 많듯이, 글의 성패도 도입부에서 판가름 난다. 서정주 시인의 '자화상'은 다음과 같이 시작한다.

"애비는 종이었다. 밤이 깊어도 오지 않았다."

실제로 서정주의 아버지는 교육자 겸 정치인이었던 인촌 김성수의 집사로 일했는데, 그렇다 하더라도 '자화상'의 시작은 충격적이다. '종'이라는 단어가 주는 이미지 때문이다. 만일 이 시가 '아버지는 집사였다'로 시작됐다면 그렇게까지 놀라진 않았으리라. 베토벤 교향곡 제5장 〈운명〉을 떠올려보자. 갑자기 터져 나오는 '짠짠짠 짜아아아안'으로 시작하는 도입부는 우리의 정신을 일으켜 세워 곡에 집중하도록 만든다. 글을 쓸 때도 〈운명〉 시작 부분에 버금가는 도입부를 만들어보자.

○

시작이 중요하다

사슴고기를 소재로 어떤 시작이 가능할까. 사슴과 관련된 흥미로운 경험이 있다면 그걸 선택하는 게 가장 쉬운 방법이다.

네 살 때, 사슴공원에 놀러갔다가 사슴한테 받힌 적이 있다. 그 후부터 몸이 좋지 않을 때면 사슴에 받히는 꿈을 꾸곤 했고, 소개팅에서 만난 여자가 사슴을 닮았다는 이유로 퇴짜를 놓기도 했다. 그런데 어느 날 친구 집에서 고기를 먹었는데, 하도 맛있어서 이게 무슨 고기냐고 물었더니 사슴고기라는 것이다. 그렇게 연하고 맛있는 고기가 또 있을까 싶었고, 사슴을 멀리하며 살아온 자신이 원망스럽기까지 했다.

일단 사슴한테 받힌 얘기가 흥미를 자아내서, 계속 읽고 싶어진다. 이렇게 경험은 유용하다. 문제는 소재와 관련된 흥미로운 경험이 없을 때가 많다는 사실이다. 그럴 때는 다른 사람의 경험을 갖다 쓰는 것도 괜찮다.

"제 건강의 비결은 사슴입니다." 철인3종 경기를 3연패한 김철인은 자신이 사슴고기를 꾸준히 먹은 게 좋은 성적을 거둔 비결이라고 했다. 어린 시절 몸이 아파 주로 병원에 있었다는 그는 사슴고기를 먹은 뒤 침대를 박차고 일어났고, 그로부터 1년 뒤에는 중학교 달리기 선수가 됐다.

너무 노골적이라 사슴고기 광고글 같지만, 이 정도 도입부라야 사람들이 관심을 가지고 본다. 이것말고도 강렬한 도입부를 이끄는 방법은 여럿 있다. 다른 사람들의 대화로 시작하기도 한다.

"우리 출출한데 사슴고기나 먹으러 갈까? 벌써 사흘이나 사슴고기를 먹지 못했어."
"그것 참 신통하군. 나도 자네한테 사슴고기를 먹자고 하려 했는데."

"어, 그래? 찌찌뽕이군."

저녁 때 지하철에서 들은 두 아저씨의 대화다. 그 말을 듣고 있자니 어찌나 사슴이 댕기는지, 하마터면 "저도 가면 안 될까요?"라고 할 뻔 했다.

대화로 시작하는 글은 일단 관심을 모은다. 문어체보다 구어체가 시선을 사로잡는 데 더 유리하기 때문이다. 게다가 남의 대화라면 관심이 더 생기는데, 다른 사람의 말이 보다 객관적으로 느껴져서가 아닐까 싶다. 유명인의 말이라면 더더욱 객관성을 담보할 수 있으니, 소재와 관련된 유명인의 발언을 찾아보는 것도 도움이 된다. 통계수치로 시작하여 객관성을 확보하는 경우도 있다. 다른 사람들의 대화가 아무리 객관적이라도 통계수치만큼은 아니다.

우리나라 국민들의 1인당 사슴고기 소비량은 0.2kg이 채 안 된다. 쇠고기가 12.9kg, 돼지고기가 31.3kg인 점에 비추어볼 때 우리나라는 사슴에 대단히 인색한 나라다. OECD 평균이 5.8kg이니, 사슴에 관한 한 우리나라는 후진국이라 해도 과언이 아니다.

여기서는 1인당 고기 소비량을 들먹이며 사슴고기를 먹으라고 독자를 질타한다. '후진국'이라는 단어를 넣은 것도 독자를 자극해 글을 끝까지 읽게 하려는 의도다. 이후 문장으로 사슴고기의 장점을 나열한다면 매우 설득력 있는 글이 된다.

또 다른 방법으로 책의 한 구절로 시작하는 것이 있다. 주제와 관련

된 책이 있다면 그걸 인용하는 것도 괜찮은 방법이다. 책이 많이 읽히지 않는 시대라 사람들은 책에 대해 어느 정도 죄책감을 갖고 있고, 책에서 인용한 구절에 과하게 열광하는 경향을 보인다. 게다가 책을 인용한다는 것은 글쓴이가 평상시 책을 가까이하는 사람이란 이미지를 주게 돼, 그의 글에 아우라를 부여하니 일석이조다. 다음과 같이 시작해보자.

"아버지, 조금만 더 가면 사슴고기를 먹을 수 있나요?"
소설 《먹고 말 테다》에서 주인공 서민은 사슴고기를 먹기 위해 아버지와 함께 만주에 간다. 하지만 사슴고기를 한 입 베어 문 아버지가 식탁을 주먹으로 내리치며 이렇게 말한다.
"아니야! 이건 사슴이 아니라 고라니야!"
사슴을 막 입에 넣으려던 서민은 슬픈 눈으로 아버지를 바라봤다.

물론 이건 방금 지어낸 글이지만, 만일 이런 소설이 있다면 사슴에 관한 글을 쓸 때 얼마나 좋겠는가. 책을 많이 읽으면 글을 잘 쓰게 된다는 말은 글 자체가 나아진다는 말도 되지만, 책에서 본 내용을 적절히 인용할 수 있게 된다는 뜻도 된다. 지금은 돌아가신 정운영 칼럼니스트는 우스갯소리로 칼럼을 시작했다. 칼럼을 찾을 수 없어, 희미한 기억에 의존해 재구성해본다.

청와대에서 경제를 살리기 위한 회의가 열렸다. 한 사람이 말했다. "2차 세계대전 이후 경제강국이 된 독일과 일본의 공통점은 모두 미국과 전쟁을 해서 졌다는 겁니다. 그러니 우리나라도 미국과 전쟁을 해서 지면 됩니다."

다들 그럴듯하다고 고개를 끄덕이는데, 한 각료가 조심스럽게 손을 들고 이렇게 물었다.

"그런데, 혹시 우리가 이기면 어떻게 하죠?"

정운영 선생이 유명인의 에피소드를 가지고 시작한 다른 칼럼이다.

"정치인이 되려는 사람들에게 가장 바람직한 소질이 무엇인가?"

"내일, 내주, 내달, 내년에 무엇이 일어날지를 예측하는 능력입니다."

"그 다음에는?"

"그것이 왜 일어나지 않았는지를 설명하는 능력이지요."

젊은 날 처칠이 어느 면접시험에서 이렇게 대답했다는데, 그래서 합격했는지 낙방했는지는 기록이 없다.

'이렇게 '쉬운' 개혁인데', 〈중앙일보〉, 2002년 1월 11일

이렇게 재미있는 이야기로 글을 시작하면 독자는 빠져든다. 중요한 점은 그 이야기가 쓰려는 글과 관련성이 있어야 하는데, 보통 내공이 아니라면 그게 생각처럼 쉬운 게 아니다.

어떻게 쓸 것인가

○

난 칼럼을 이렇게 시작했다

○

칼럼을 어떻게 시작할지 특별히 신경을 쓰고 있지만, 도입부는 언제나 부담스럽다. 비교적 잘 쓴 글들이 아니지만 그래도 여기에 소개하는 이유는 칼럼을 쓰고자 하는 분들에게 자신감을 드리고 싶어서다.

반성한다. 현 대통령에 대해 불신과 회의를 가졌던 것을. 지난 2년 의 관찰 결과 현 대통령에 대한 의심은 모조리 근거 없는 것으로 결론 났다. 굳이 변명을 하자면, 이게 다 주변에 좌파들만 득실댄 탓이다. 그들의 주장을 하나하나 반박해본다.

'괴로우나 즐거우나 대통령과 함께', 〈경향신문〉, 2015년 1월 6일

이 글은 '반성한다'로 시작하는데, 그게 '대통령에 대해 불신과 회의 를 가졌'기 때문이라고 했다. 지면이 대통령에게 비판적인 경향신문이

라는 점에서 이런 도입부는 사람들의 관심을 끌어모으기 제격이다. 이명박 전 대통령의 회고록에 관한 글을 쓸 때는 책을 냈던 경험을 이야기했다.

책으로 뜨는 게 꿈이었다. 서른 살 무렵부터 유치하기 짝이 없는 책을 주기적으로 냈던 것도 다 그 꿈을 이루기 위해서였는데… 결국 과학 분야의 베스트셀러를 쓴다.

'명박의 꿈', 〈경향신문〉, 2015년 2월 3일

소재에 맞는 자기 경험을 글에 쓰면 독자는 한층 흥미로워한다. 글쓴이의 경험은 독자에게 공감을 불러일으키기 쉽다는 점에서 좋은 무기다. 외모 지상주의를 비판한 칼럼에서도 도입부에 내 경험을 썼다.

내가 못생긴 걸 안 건 초등학교 1학년 때였다. 학교 현관 앞의 전신 거울 앞에 선 나는 내 모습에 깜짝 놀라 뒤를 바라봤다. 내가 막연히 상상하던 모습과 정반대의, 올챙이 눈을 가진 못생긴 아이가 서 있었으니까. 하지만 뒤엔 아무도 없었고, 거울에 비친 상은 바로 나였다. 그 뒤부터 난 되도록 땅을 보고 걸었고, 남들과 어울리기보다 말없이 혼자 앉아 있는 아이가 됐다.

'안 예쁜 그녀들', 〈경향신문〉, 2010년 10월 19일

세월호에 관한 글을 쓸 때는 세월호가 2044년에나 인양이 된다는 것을 전제로 했다. 2044년 4월, 한국 국민들의 눈이 뉴스 화면으로 쏠

렸다. 아나운서가 흥분한 목소리로 인양 장면을 생중계하고 있었다.

"네, 드디어 선체가 인양되고 있습니다. 오랜 수색에도 찾지 못했던 실종자의 유해가 배 안에 있을지, 또 침몰 원인도 규명할 수 있을지 귀추가 주목됩니다."

2014년 304명의 희생자를 내며 침몰했던 세월호는 그 뒤 무려 30년 간 차가운 바다 속에 있다가 드디어 햇빛을 봤다.

'29년 후', 〈경향신문〉, 2015년 3월 17일

현재 상황이 아닌 가상의 미래를 그려 세월호에 관심이 없는 현 정부를 우회적으로 비판했는데, 스스로 생각해도 괜찮은 도입부였던 것 같다.

시간이 아닌, 가상의 나라를 도입부에 등장시킨 경우도 있다.

저 멀리 아프리카엔 가상의 나라 '누리공화국'이 있다. 인구 450만 명의 조그만 나라인데, 다른 아프리카 국가들과 달리 누리공화국은 돈을 많이 버는 몇몇 기업 덕분에 비교적 높은 1인당 국민소득을 자랑한다. 안타까운 점은 국민소득의 절대다수를 몇 안 되는 기업주와 부자들이 가져가고, 대부분 국민들은 극빈층이라는 것이다. 부자들은 비데가 설치된 좌변기에서 안락하게 일을 보는 반면, 98%는 푸세식 화장실에서 일을 본다. 하체가 튼튼해지는 장점도 있지만 푸세식 변기의 결정적인 단점은 기생충을 확산시킨다는 점이었다.

'좌변기의 꿈', 〈경향신문〉, 2012년 12월 11일변기와 기생충이 난무하는 도입부를 읽고 나니 다음 내용이 무엇일지 궁금증을 자아낸다.

연평도 포격 이후 이명박 대통령은 벙커에 숨은 채 오래도록 나오지 않아 국민들의 질타를 받았다. 이를 비판하는 방법은 많겠지만, 다음은 '모든 국민들이 벙커 하나씩을 갖자'며 우회적으로 비판하는 방식을 택했다.

"단호하게 대응하라고 했지, 확전되지 않도록 만전을 기하라고 지시한 적이 없다."

북한의 연평도 폭격 다음 날, 청와대의 궁색한 변명을 보면서 의아했다. 대통령이 충분히 할 수 있는, 아니 해야 할 말을 여론이 좀 안 좋다고 굳이 부인할 필요가 있을까? 하지만 청와대의 다음 말을 들으니 확전 걱정을 안 한 게 사실인 모양이다.

"추가 도발 때는 몇 배의 화력으로 응징하라고 지시했다."

보라. 이렇게 단호한 대응을 지시한 분이 확전 걱정을 했을 리가 있겠는가? 대통령이 하지도 않은 말을 만들어서 국민을 헷갈리게 한 참모는 당장 잘라야 마땅하다.

'벙커를 갖자', 〈경향신문〉, 2010년 11월 30일

도입부는 확전을 걱정하는 대통령의 발언이 '겁을 먹고 그러는 게 아니냐'는 비판을 받자 청와대가 대통령이 그런 말을 한 적이 없다고 대통령을 감싸는 내용이다. 대통령이 욕을 먹을 때마다 대변인이 "내 탓이오." 한 게 어제오늘의 일도 아니고, 대변인이 그래봤자 진짜 잘못은

대통령에게 있다는 것을 모를 사람도 없지만, 이 글은 대변인이 둘러대는 멘트를 팩트로 단정 짓고 내용을 전개했다. 여기서 핵심은 대변인의 발언으로 글을 시작했다는 점이다. 만일 이 글을 다음과 같이 시작했다면 어땠을까?

북한의 연평도 폭격 다음 날, 청와대는 다음과 같이 궁색한 변명을 늘어놓았다.

"단호하게 대응하라고 했지…."

원래 글이 신선하게 다가오는 반면, 이렇게 하니 김이 좀 빠진 느낌이다. '궁색한 변명'을 할 거라고 하면서 진짜 궁색한 변명이 나와 버리니 재미가 없지 않은가. 내친 김에 대통령의 발언으로 시작해서 재미를 본 글을 소개해본다.

"내가 지시했다."

9시 뉴스에서 대통령이 득의만만한 표정으로 저 말을 했을 때, 난 가슴이 철렁했다. 아덴만 작전으로 명명된 선박 구출 작업이 성공인지 아닌지 모르는 판에 저런 말을 하다니, 너무 성급한 게 아닌가 싶어서였다.

'대통령의 실수 '오, 주여!", 〈경향신문〉, 2011년 2월 8일

아덴만 작전이라 명명된, 소말리아 해적에게 납치된 선박을 구출한 작전이 성공으로 끝난 뒤 이명박 대통령이 기자들을 모아놓고 "내가

지시했다."라고 말한 바 있다. 그 광경을 보고 있자니 주가조작으로 물의를 빚은 BBK 사건에서 이 전 대통령이 광운대 강연에서 "금년 1월에 BBK라는 투자자문회사를 설립하고"라는 말을 하고도 '주어가 없다'는 궤변으로 빠져나갔던 장면이 생각났다. 그래서 '평소에는 그렇게 주어를 아끼시더니, 왜 주어를 넣었냐'며 걱정하는 글을 쓴 것인데, 여기서는 당연히 '내가'라는 단어가 맨 먼저 들어가야 한다. 참고로 글에 제목을 잘 붙이는 것도 중요한데, 이 글의 제목은 '대통령의 실수, 오 주어!'였으니 제목도 꽤 괜찮았던 것 같다.

'세월호와 독서'라는 제목의 칼럼에서는 도입부에서 책의 줄거리를 인용했다.

앨런 배넛이 쓴《일반적이지 않은 독자》는 뒤늦게 책읽기에 재미를 붙인 70세 영국 여왕이 점점 변하는 내용이다.

'세월호와 독서', 〈경향신문〉, 2015년 4월 15일

이 칼럼은 세월호 사고의 피해자로, 사회로부터 위로와 돌봄을 받아야 할 유족들이 오히려 네티즌에게 욕을 먹는 현실을 개탄하고 있는데, 이것은 다른 이의 입장에 서서 생각하는 능력이 떨어진 탓이며, 그 원인을 요즘 사람들이 책을 읽지 않아서라고 진단했다. 그렇기에 글 앞머리에는 책을 읽음으로써 다른 사람을 배려하게 된 경험담을 배치하는 게 좋다고 판단했다.

원래 자기 경험담이 제일 바람직하지만, "책을 읽었더니 내가 점점 배려심이 많은 사람이 됐다."라고 말하는 건 무척 쑥스러운 일이다. 자

기 경험을 말할 때는 되도록 실수담 같은 부끄러운 얘기를 해야 독자들에게 다가서기 좋다는 점에서, 내 얘기보다는 책을 읽고 배려가 많아진 영국 여왕의 이야기를 인용하는 게 더 적절하다 싶었다.

이외에도 글을 시작하는 방법은 얼마든지 더 있다. 도입부가 참신할수록 독자의 시선을 끌어당기기 쉬우니, 어떻게 글을 시작할지는 고민을 많이 해봐야 하는 영역이다.

○

허리가 좋아야 글이 튼튼하다

○

LA 다저스에서 5년간 평균 15승을 거둔 박찬호 선수가 그 후 부진한 성적을 냈던 원인이 허리부상이라는 분석이 지배적이다. 비단 야구선수가 아니라도 허리가 아프면 여러 가지 면에서 지장이 많다. 오래 일할 수 없고, 다리가 저려 걷는 것도 버겁다.

영화 〈싸움〉을 보자. 연기력이 뛰어난 설경구와 미녀배우 김태희가 출연한 이 영화는 전쟁을 방불케 하는 두 배우의 열연에도 비평과 흥행 모두에서 참패를 했는데, 이유인즉슨 전개, 즉 허리 부분에서 이들이 왜 그렇게까지 싸워야 하는지를 설명하는 데 실패해서다. 글도 마찬가지다. 도입부가 아무리 좋아도 이어지는 전개 과정이 좋지 않으면, 인내심이 없어진 요즘 독자들은 읽기를 포기한다.

어떻게 쓸 것인가

승-전이 좋아야 좋은 글이 된다

기-승-전-결 중 '승-전'을 허리라고 할 수 있는데, 승-전에서는 도입부에서 제기한 문제의식을 독자에게 충분히 납득시켜야 한다. 예컨대 '사슴고기를 먹지 않으면 일찍 죽는다'는 도입부를 썼다고 해보자. 그다음에는 왜 그런 극단적인 표현을 썼는지 충분히 설명해야 한다. 이 과정이 만족스럽지 않으면 결론에서 아무리 좋은 말을 해도 독자들이 수긍하지 못한다. 몇 가지 예를 들어보자.

기	사슴고기는 건강식품으로, 현대인이 꼭 먹어야 할 음식이다.
승	사슴고기에는 콜레스테롤과 지방이 아주 적어서 동맥경화의 위험이 없다. 사슴을 보라. 날씬한데다 다리도 길지 않은가?
전	물론 사슴고기도 많이 먹으면 해로울 수 있다. 사슴고기를 즐겨먹던 30대 남자가 머리에 뿔이 났다는 보도는 충격적이다. 하지만 이는 극히 예외적인 부작용으로, 사슴학으로 유명한 김사슴 박사는 "이건 사슴 때문에 생긴 게 아니라 이분이 먹은 송아지가 못된 송아지였기 때문일 듯"이라고 추측한 바 있으니 이게 사슴고기를 먹지 말아야 할 이유는 되지 않는다.
결	사슴고기를 먹자.

이 글에서 주목할 점은 '전'에서 사슴고기의 부작용에 대한 우려가

나온다는 것이다. 이는 사슴고기가 좋다는 주장을 강조하되, 반대되는 입장도 언급함으로써 글을 보다 객관적으로 만드는 기법이다. '색맹검사를 실시하라'라는 제목의 글을 보자. 이 글에서 문제 삼은 것은 민간인 불법사찰이 터졌을 때 사건을 수사한 검찰이 숱한 증거에도 청와대와의 관련성을 부인한 행위였다.

기   일전에 읽은 추리소설에서 사람을 죽이고 그에게 레인코트를 입혀 놓은 범인이 붙잡힌 것은 범인이 색맹이라 코트를 뒤집어 입혔기 때문이었다.

승   검사는 사회의 엘리트로, 창의력과 끈기가 뛰어나다. 미네르바를 구속할 때 사문화된 전기통신법을 적용하는 창의력을 발휘했고, 한명숙 전 총리에 대해서는 구속될 때까지 기소하는 끈질김을 보인다. 이런 검사에게 걸리면 뼈도 못 추린다.

전   이번 민간인 사찰 사건에서 청와대 행정관이 지원관실에 대포폰을 준 사실, 사찰보고서가 민정수석에게 보고된 사실 등 증거가 숱하게 있는데 검찰이 청와대와의 관련성을 아예 부인한 것은 검찰이 권력에 약해서가 아니라 파란색에 대해 색맹이기 때문이다.

결   검사를 임용할 때 꼭 색맹검사를 실시하라. 특히 파란색에 대해서.

이 글의 전개 과정에서 검사를 먼저 칭찬한 것은, 그런 능력을 가진 이들이 청와대와 관련된 것은 보지 않으려 한다는 점을 비판하기 위해서다. 그냥 넘어뜨리는 것보다 헹가래를 친 뒤 떨어뜨리면 훨씬 더 아픈 법이니, 이런 경우 비판의 강도가 더 세어진다. 다음으로 앞에서 언급됐던 '대통령의 실수, 오 주어'의 전개를 보자.

기   대통령은 아덴만 작전에서 '내가 지시했다'고 말했다. 주어를 말해버린 건 실수다.

승   원래 대통령은 주어를 말하는 데 매우 신중했다.… 후보 시절 광운대 강연에서 "금년 1월에 BBK라는 투자자문회사를 설립하고"라는 발언을 하면서 주어를 말하지 않았고, 대통령이 된 뒤 국립현충원을 찾아서는 방명록에 "국민을 잘 섬기겠습니다. 국민에게 희망을 드리겠습니다."라고 썼다. 어디에도 '대통령이 잘 섬기겠다'는 말이 없다.

전   주어에 신중해야 하는 건 비단 대통령만은 아니다. 고 이승복 어린이는 "나는 공산당이 싫어요."라는 말 때문에 무장공비에게 죽임을 당했다. 그냥 공산당이 싫다고 했으면 넘어갔을지도 모른다는 점에서 정말 안타까운 일이었다. 에밀 졸라라는 프랑스 지식인은 드레퓌스 대위가 유태인이란 이유만으로 누명을 쓴 것에 항의하며 '나는 고발한다'라는 제목의 공개서한을 프랑스 대통령에게 보냈다. 그로 인해 졸라는 유죄판결을 받고 영국으로 망명하는 등 심한 마음고생을 해야 했다. 마광수 교수는 연세대에 재직 중이던 시절 《나는 야한 여자가 좋다》란 책을 썼는데, 그가 결국 구속이라는 철퇴를

맞은 배후엔 '나는'이란 단어가 있었다는 게 내 생각이다.

결　　이렇듯 생생한 사례가 있음에도 대통령이 갑자기 신중함을
　　　잃고 주어를 사용하기 시작한 대목은 충분히 우려스럽다.…
　　　앞으로는 제발 좀 신중하시면 좋겠다. 주어는, 독이다.

이 글의 묘미는 "내가 지시했다."라는 한마디를 물고 늘어져 A4 한
장 남짓한 글을 만들어냈다는 것이지만, '승-전' 부분이 글을 뒷받침해
준 것도 괜찮은 글이 나온 비결이었다. 대통령이 주어를 안 썼던 경우
를 열거한 것도 좋았지만, '전'에 나오는 사례들은 이 글을 빛나게 해
준 주역이었다.

때로는 나열식 글도 필요하다

물론 이것은 어디까지나 예를 든 것이지, 모든 글이 다 그럴 필요는 없
다. 다음과 같은 글도 얼마든지 가능하다.

기　　사슴고기는 현대인의 필수식단이다.

승-전　사슴고기를 먹어야 할 이유는 다음과 같다.
　　　첫째, 저지방 고칼로리다. 둘째, 값이 싸다. 셋째, 목과 다리
　　　가 길어진다. 넷째, 친환경적이다.

결　　사슴고기를 먹자.

이 경우 나열식이라 글의 재미가 떨어질 위험성이 있다. 우리는 조회시간에 '첫째, 둘째… 끝으로'로 대변되는 교장선생님의 연설에 트라우마가 있고, 그 여파로 나열식 글에 거부감이 있다. 하지만 그것도 글 나름이며, 열거하는 것들이 흥미롭다면 나열식도 나쁘지 않다.

이보다 더 어려운 나열식은 비슷한 예를 쭉 나열하다 결론에 이르는 방식이다. 이게 어려운 이유는 비슷한 예를 모으는 게 쉽지 않아서다. 물론 누구나 다 아는 예를 가지고 글을 쓸 수 있지만, 이러면 재미가 없다. 다음과 같은 글을 쓴다고 해보자.

기	돈을 받은 사실이 적발되면 가장 보편적으로 쓰이는 방식이 받은 적이 없다고 부인하는 것이다.
승	이완구 총리도 그랬고, 김기춘 전 비서실장도 사실무근이라고 했다. 홍준표 지사도 전면부인으로 버티고 있다.
전	과거에도 이런 경우기 없던 건 아니다. 하지만 이들은 검찰이 내놓은 구체적 증거 앞에서 혐의사실을 인정할 수밖에 없었다. 이명박 정부에서 방통위원장을 지낸 최시중도 부인으로 일관하다 결국 돈 받은 사실을 시인했으며, 최모 판사도 명동 사채왕 모씨로부터 2억8천만 원을 받았다고 실토했다.
결	성 전 회장이 죽어서 이러는 모양인데, 너무 그것만 믿고 부인하다가는 위증죄까지 추가될 수 있다.

이 글은 상상력이 전혀 들어가지 않아서 평범하고 식상하다. 그저

돈 받고 버티는 사례만 나열되어 있다. 이런 스타일의 글에서는 좀 더 극적인 예시가 필요하다. 다음은 'MB의 도량'이라는 글이다.

기   친구가 거하게 밥을 산다고 불러놓고선 삼겹살을, 그것도 딱 2인분만 시키고 공깃밥을 시키면 다시는 만나기 싫다. 이게 보통 사람의 도량이다.

승   연평도 포격 당시 보온병을 폭탄이라고 해 웃음거리가 됐던 안상수는 고교생을 대상으로 한 강연회에서 "보온병 안상수입니다."라고 자신을 소개했단다. 대단한 도량이다.

전   광우병 보도로 집권여당에게 박해를 받을 당시 MBC 사장이었던 엄기영은 결국 견디다 못해 사표를 제출하고 MBC를 떠나지만, 그 후 선거 때 한나라당 후보의 지원유세에 나섰고, 심지어 한나라당 후보로 강원지사에 출마한다. 더 대단한 도량이다.

결   도량의 정의를 자기 자신에게까지 확대한다면 이 대통령을 따라올 사람은 없다. 대선 공약인 동남권 신공항이 끝내 백지화되자 대통령은 이렇게 말씀하셨다. "정말 마음이 아프다." 대부분의 사람들은 친구가 실연을 당하든지 할 때, 즉 자기 책임이 아닌 일에 대해서만 이런 말을 쓴다. 다음날 발표한 담화문에도 "이런 사업을 책임 있는 대통령으로서는 할 수 없다."고 되어 있으니, 이번 사태의 책임을 대통령에게 묻는 게 부당하게 느껴지기까지 한다. 그렇다. 대통령님은 자기 자신에게 한없이 관대한 분이다.

원래 칼럼이란 비슷한 예를 들어 분위기를 고조시킨 후 마지막에 주인공을 배치해 비판의 효과를 극대화하는 작업이다. 이 글은 당시 화제가 됐던 이명박 대통령의 유체이탈화법에서 힌트를 얻었다. 비슷한 시기 한나라당 대표였던 안상수가 스스로를 보온병이라고 했다는 기사를 읽고 이 둘을 조합해서 글을 쓰자고 마음먹었다. 엄기영의 사례는 시일이 좀 지났긴 했지만 기사를 읽을 당시 워낙 엽기적이어서 언젠가 우려먹자고 생각했다.

이밖에도 승-전을 전개하는 방법은 다양하다. 명심할 것은 허리가 아프면 하루 종일 자리보존하며 누워있어야 하는 것처럼 글도 허리가 튼튼하지 않으면 제 힘을 발휘하지 못한다는 사실이다.

마무리의 여운은 오래간다

스필버그 감독이 만든 〈우주전쟁〉이란 영화가 있다. 시작부터 스릴 넘치게 시작한 이 영화는 그 긴장감을 마지막까지 유지하게 만든 보기 드문 영화다. 하지만 이 영화의 평점은 의외로 낮은 7.30에 불과한데(네이버 평점 기준), 결말이 좀 황당하기 때문이다. 주인공인 톰 크루즈와 그 가족들이 우주괴물을 피해 이리저리 도망다니는 게 주요 내용인데, 영화 마지막에서 갑자기 괴물들이 퇴치됐단다. 그리곤 간단한 설명과 함께 영화가 끝나버린다.

물론 이건 당연한 결말일지도 모른다. 이 영화는 도망다니다 마지막까지 살아남은 가족이 주인공인 거지, 괴물을 물리치는 영웅을 주인공으로 삼은 것이 아니니까. 컨셉이 그렇다 해도 뭔가 아쉬운 마음이 드는 건 어쩔 수 없다. 사람들은 끝을 간직한다. 1년 사귀는 동안 정말 사랑했던 연인이 마지막 일주일간 싸우다 헤어지면 평생 아픈 기억으로 남는 것처럼 글도 마찬가지다. 끝마무리가 어설프면 글 전체가 어설퍼진다.

끝마무리 요령

결론 부분에서 신경 써야 할 점은 보다 구체적이고 실천 가능한 결론을 내려야 한다는 것이다. 좋은 게 좋다고, 이상적이고 아름다운 말을 하면 잘 쓴 글이 될 것 같지만, 전혀 그렇지 않다. 예를 들어 다음과 같이 결론을 내렸다고 해보자.

여당과 야당이 조금씩 양보해 합의에 이르는 풍경을 국민들은 보고 싶다. 그리 되길 바란다.

원래 정치라는 건 한정된 자원의 배분을 둘러싼 싸움이다. 돈을 무상급식에 쓰느냐 국방비로 쓰느냐를 놓고 대립하는 경우, 조금씩 양보한다는 것은 현실적으로 불가능하다. 싸움이 일어날 수밖에 없다. 그런데도 저런 결론을 내린다면 현실을 모르는 사람이거나 자신이 객관적인 사람으로 인정받고픈 욕심이 있어서다. 그보다는 이런 결론을 권하고 싶다.

학생들이 밥을 먹는 것도 나라가 있고 난 이후다. 먼저 총을 사자. 학생들의 밥은 국방이 좀 강해지고 난 뒤라도 늦지 않다.

원래 국가로부터 혜택을 받아야 충성심이 생기게 마련이고, 그 학생들이 자라서 군인이 된다는 것을 고려하면 무상급식을 먼저 하는 게 낫다. 총 몇 자루 더 산다고 군사대국이 되는 건 아니잖은가?

사슴고기를 가지고 결론을 내려보자.

이상으로 보건대 사슴고기는 식용화를 할 만한 수많은 장점이 있다. 머리에 뿔이 나는 부작용도 간단한 수술로 치료가 가능하다. 그 뿔이 영양가가 높아서 인기까지 있다니, 더 이상 식용화를 거부할 명분은 못된다. 식용화는 사람과 사슴 모두를 위한 길이다.

그럭저럭 무난한 결론 같지만, 맨 마지막 문장에 치명적인 오류가 있다. 사슴 식용화가 사람을 위하는 길일 수는 있지만, 설마 사슴에게 이롭겠는가. 사슴이 더 많이 잡아먹히는 상황을 '사람과 사슴 모두를 위한 길'이라고 하는 건 공감하기 어렵다. 그 대신 '잘만 조리한다면 사슴고기는 최고의 웰빙 식단이 될 것이다.' 정도로 마무리하는 게 훨씬 낫다. 하지만 이런 식으로 끝내면 글이 좀 심심하다. 뭔가 여운을 남기고 싶다면 다음과 같은 문장을 삽입하는 게 좋다.

노천명이 탄식해마지 않았던 사슴의 긴 목이 21세기 한국인의 주식이 될 줄을 누가 알았겠는가?

사슴에 대해 시를 쓴 노천명을 언급해 유식함도 뽐내고, 글의 마지막을 멋지게 장식할 수 있으니 금상첨화다. 단 이런 걸 쓰려면 자신이 아는 시인이라 해도 사실관계를 꼭 확인할 필요가 있다. 예컨대 노천명과 모윤숙을 헷갈려서 "모윤숙이 탄식해마지 않았던 사슴의 긴 목…"이라고 하면 망신살 뻗친다.

○

김연아와 황상민

2012년, 황상민 교수가 김연아의 교생실습에 대해 '쇼'라고 비난한 적이 있다. 이후 김연아 측은 황교수를 고소했는데, 당시 누구보다 열심히 교생실습을 했던 김연아로서는 황교수의 비난이 억울할 만도 했다. 그러사 황교수는 "학생이 감히 교수를 고소하다니!"라며 "연아는 나중에 불행해진다."라는 악담을 했다. 우여곡절 끝에 김연아는 고소를 취하했다. 이런 사실을 가지고 어떤 글을 쓸 수 있을까. 그 당시 내가 블로그에 썼던 글이다.

―연아야, 미안해

기　　김연아는 벤쿠버에서 아사다 마오를 꺾고 금메달을 땄다. 김연아의 연기가 끝나자 미국 방송의 해설자가 "여왕폐하 만세"를 외쳤을 만큼 연아의 연기는 훌륭했다.

김연아가 고대에 간 건 분명 연아에게 특혜지만, 그녀는 그 특혜를 올림픽 금메달로 돌려줬다. 김연아의 연기에 거의 모든 이가 환호했다.

전 이제 연아가 원하는 삶을 살도록 가만 놔두면 좋겠지만, 사람들은 그녀를 비난한다. "교생실습이 쇼"라는 황상민의 발언은 그 하이라이트다. 어떤 이는 연아가 수업을 안 들은 걸 비난한다. 학원스포츠의 잘못된 관행을 왜 김연아에게만 묻는 것일까?

결 피겨의 전설을 비난하기 바쁜 우리나라라니. 연아에게 미안하다.

2012년이면 어느 정도 글쓰기가 경지에 올랐을 무렵이라고 자신할 때인데, 이 글은 한심하기 짝이 없다. '연아야 미안해'라는 제목에 내용이 다 들어 있고, 내용도 지극히 평범하다. '연아가 우리에게 해준 게 얼만데 그녀를 욕하느냐. 연아야, 지켜주지 못해 미안해.' 이렇게 한 줄로 요약할 수 있는 걸 저도로 장황하게 써놓았다. 문제점은 또 있다. '거의 모든 이가 환호했다'라는 구절은 전혀 객관적이지 못하다. 이 구절은 올림픽 금메달을 땄으니 그녀를 비난하면 안 된다고 읽힌다. 학원스포츠의 관행이 어떻든 간에 김연아가 수업을 듣지 않은 건 잘못이다. 모두가 어기는 법을 어겼다고 범법자가 아닌 건 아니잖은가.

특히 결론이 함량미달이다. '연아야, 미안해'가 어떻게 글의 결론일 수 있을까? 왜 저렇게 민망한 글을 썼을까 생각해보니, 감정에 휩싸였던 게 원인이다. 황상민 교수의 발언에 성이 난 상태에다 경향신문에 실린 다른 이의 비난 칼럼을 보는 순간 '김연아 까는 게 무슨 국민적 취미가 된 건가?' 하는 마음에 욱해버렸다. 내 글이 한층 더 한심하게 느껴졌던 건 〈아시아경제〉에 실린 이의철 부국장 및 금융부장(현 편집국장)의 칼럼을 읽고 나서였다. 워낙 훌륭한 글이니 전문을 소개한다.

— 김연아와 그 적들

'은행은 비 올 때 우산을 뺏는다'. 이것은 팩트인가 주장인가. '현재의 서민금융 지원책은 금융소비자들의 모럴 해저드를 조장한다'. 이 명제는 어떤가. 팩트와 주장을 구별하는 것은 쉽지 않다. 항상 그것을 구별하도록 훈련받은 기자들도 그렇다. 어떤 점에선 이를 구별하는 일은 개인의 교양과 경험, 역량과 철학이 녹아 있는 종합예술이다. 그래서일까. 현실은 척박하다. 많은 신문이나 방송이 팩트와 주장을 혼동한다. 때론 의도적으로(?) 팩트를 왜곡하기까지 한다. 정부나 학계, 시민단체조차도 크게 다르지 않다.

최근 인터넷을 달군 황상민·김연아 사태에서 기자는 '팩트와 주장'을 구별하지 못하는(정확히 말하면 '않는') 대한민국 지식인 사회의 척박함을 본다. 사건의 발단은 황상민 연세대 교수가 모 라디오 방송에 출연해 "김연아 교생실습은 쇼"라고 비판한 데서 출발했다. 이후 김연아 측이 명예훼손이라고 황교수를 고소했고, 황교수는 "학생이 교수를 고소하다니?"라는 반응을 보였다. 우여곡절 끝에 김연아 측은 황교수에 대한 고소를 취하했다. 팩트를 알기 위해선 관련자들의 발언을 날것 그대로 들어보는 게 좋다. 인터넷에서 '황상민·김연아'를 검색어로 넣으면 수십 개의 관련 동영상, 심지어는 녹취록까지 나온다. 바쁜 독자들을 위해 녹취록의 일부를 전한다.

먼저 라디오 방송에 출연해 황교수가 한 말. "고대요? 김연아가 연대를 가야지, 어떻게 고대를 가요?" "고대는 수업 안 들어도 다 졸업시켜주는 그런 학교인가 보죠?" "(연아가) 교생실습을 성실하게 한 것은 아니고요. 한다고 쇼를 한 거죠." "김연아 선수의 부모가 선생님이 되려고 하는 연아한테 뭔가 잘못 가르치고 있어요."

다음엔 종편채널에 출연해서 한 말. "대한민국에서 김연아는 무조건 여신이고 숭배해야 되는 대상인가요?" "쇼를 쇼라고 이야기하는 게 왜 명예훼손인가요?" "학생임에도 교수를 고소하는 심리 상태라면 이미 자기 기분에 따라서 조절이 안 되고 주위 사람을 우습게 생각하는 거예요." "연아는 '소년 출세'를 한 건데 앞으로 나이가 들면 불행해질 가능성이 높아요."

황교수의 발언 대부분은 주장이다. 자신의 주관적인 판단(잘못 가르치고 있다)이나 어디서 전해들은 내용(교생실습 하루 갔다), 확인되지 않은 추정(정신 상태가 이상한 거죠?) 등이다. 문제는 이를 마치 팩트인 양 말한다는 것이다. 참고로 후배 기자가 기사를 이렇게 써오면 아무리 마음이 비단결 같은 데스크도 쌍소리가 나간다.

김연아를 소년 출세로 지칭한 것은 맥락에 대한 오해요, 잘못된 비유다. "나이 들면 불행해질 수 있다"는 표현은 교수 입에서 나와선 안 되

어떻게 쓸 것인가

는 말이었다. 학생이 교수를 고소해선 안 되는 것이 아니라 교수가 학생한테 그런 악담을 해선 안 된다. 백 번 양보해서 황교수의 발언을 해학과 풍자로 이해할 수 있을까. 〈나는 꼼수다〉 같은 인터넷 방송처럼 말이다. 그러나 풍자 역시 팩트에 기초해야 힘을 갖는 것이다. 나꼼수가 뜬 것은 특종을 해서지, 그 잡스런 말투 때문은 아니다. 더욱 큰 문제는 황교수가 이번 논란 속에서 스스로를 피해자로 '위장'하고 있다는 점이다. 황교수는 현직 교수라는 '권력'을 갖고 있다. 김연아 역시 엄청난 문화 권력임을 부인하기 힘들지만 그렇다고 해서 팩트가 아닌 일로 비난받을 이유는 없다. 황교수식 표현을 빌리자면 이건 '마녀사냥'이다.

교수라고 농담 못할 것도 아니고, 특정인을 풍자하지 말란 법 없다. 비판할 수도, 낄낄댈 수도 있다. 그러나 적어도 팩트와 주장을 구별할 줄은 알아야 한다. 그래야 대학교수, 그것도 연세대 교수로서의 이름값을 하는 것이다.

〈아시아경제〉, 2012년 6월 19일

다시 봐도 가슴이 벅차오른다. 시작부터 끝까지 팩트와 주장을 반복하지만, 글은 전혀 지루하지 않다. 내 글과는 차원이 다른 고급한 글이라는 건 다들 알 테지만, 노파심에서 이 글의 장점을 추려본다. 우선 제목부터 훌륭하다. '김연아와 그 적들'이라니, 독자들의 시선을 확 잡아당긴다. 더 멋진 것은 이 글의 시작이다. 팩트와 주장을 구별하기 어렵다는 것. 이게 김연아와 도대체 무슨 상관이지, 라고 의문을 갖는 순간 김연아와 황상민이 치고받은 전말이 나온다. 그 다음으로 황상민의 발언 중 문제 삼을 만한 대목들을 나열한 뒤 이건 팩트가 아니라 주장일 뿐이라고 얘기한다.

이 글의 하이라이트는 맨 마지막 대목이다. 글쓴이는 결론 부분에서 "팩트와 주장을 구별할 줄 알아야 연대 교수 자격이 있다."고 얘기한다. 흥분해서 욕하는 것보다 훨씬 더 센 것은 이렇게 침착하게 상대의 민낯을 드러내 보이는 글이다. 그런 면에서 이분은 진정한 고수다.

이런 칼럼은 자주 보기 어렵고, 쓰는 건 훨씬 더 어렵겠지만, 이런 글을 쓰는 걸 목표로 삼자. 글을 쓸 때 감정을 다스리는 것은 그래서 중요하다. 차분한, 그러면서도 핵심을 찌르는 그런 결론을 내자. 좋은 마무리가 좋은 글을 만든다.

○
서평은 어떻게 쓰는가
○

서평의 일인자라고 할 만한 이현우 씨(필명 로쟈)는 서평을 쓰는 이유를 다음과 같이 정리했다.

> "첫째는 (좋은 책을) 읽게끔 해주는 것, 둘째는 안 읽게끔 해주는 것, 셋째는 읽은 척하게 해주는 것이다."

서평을 쓰는 이유를 이보다 더 멋지게 말할 수 있을까 싶다. 하지만 굳이 한 가지를 덧붙인다면, 서평을 쓰는 것은 읽은 책을 자기 것으로 만드는 가장 훌륭한 방법이다. 원래 글을 쓰다 보면 생각이 정돈되는데, 서평 역시 쓰면서 책 내용이 자신만의 방식으로 정리된다.

서평을 쓴 책과 쓰지 않은 책은 시간이 지났을 때 확연히 차이가 난다. 서평을 쓴 책은 몇 년이 지나도 '이게 이러이러한 내용이었지!'라며 기억나지만, 서평을 안 쓴 책은 심지어 '이 책을 내가 읽었던가?' 하며 헷갈린다. 글쓰기를 잘하는 방법이 책을 읽고 부지런히 쓰는 것이라고 할 때, 서평을 쓰면 이 두 마리 토끼를 모두 잡을 수 있다.

하지만 고민이 있다. 서평을 어떻게 써야 할지 모른다는 것이다. 어려서부터 대학을 졸업할 때까지 감상문을 써오라는 숙제는 여러 번 받았지만, 서평 쓰는 방법을 배운 적은 한 번도 없다. 할 수 없이 줄거리를 대충 정리한 뒤 '참 재미있었다' 라고 끝맺고 감상문을 써낸 기억뿐이다.

알라딘에 블로그를 만들고 서평을 본격적으로 쓰기 시작한 뒤에도 서평을 쓰는 건 스트레스였다. 실제로도 서평을 잘 쓰는 사람은 아니다. 알라딘에서는 1등 상금 100만 원을 걸고 서평대회를 열곤 했는데, 등수 안에 든 적이 한 번도 없다. 심지어 매주 몇 명씩 당선자를 뽑는 '이주의 마이 리뷰'에 당선된 적도 손에 꼽을 정도다. 알라딘 블로그 생활을 13년째 하고 있다는 걸 감안하면, '못 쓴다'는 게 괜한 엄살은 아니다.

그러니 여기서 내가 말하는 '서평쓰기'는 이현우 씨처럼 제대로 된 서평을 쓰는 방법을 얘기하는 게 아니라, 서민식 서평쓰기를 말하는 걸로 들어주시라. 무척 쉬운데다 책을 빙자해 하고픈 얘기를 하는 그린 서평 말이다.

서평의 금기사항

나중에야 안 사실이지만, 서평 쓰는 방법을 학교에서 가르치지 않는 것은 원래 서평이란 게 자기 느낌을 자유롭게 쓰는 것이며, 정해진 틀 같은 게 없기 때문이었다. 그렇다 하더라도 이것만은 하지 말아야 한다는 원칙은 필요한데, 그것마저 가르쳐주지 않은 건 좀 아쉽다. 다음은 서평가끼리 합의한(?), 서평의 금기사항이다.

첫째, 스포일러를 조심하자.

서평의 기능 중 하나는 책을 읽도록 하는 것, 즉 책을 추천하는 것이다. 그렇다면 줄거리 소개는 다른 독자들이 궁금증을 갖도록 아주 조금만 써야 예의에 맞다. 서평을 다음과 같이 쓴다고 해보자.

"《오리엔트 특급살인》을 읽고 너무 놀랐다. 어떻게 범인이 ○○○일 수 있어?"

이런 식으로 범인을 밝혀버리면 독자가 무슨 재미로 그 책을 읽겠는가. 꼭 추리소설이 아니더라도 결정적인 장면을 말해버리면 김이 샌다.

"…하지만 그 둘은 여동생의 집요한 공작으로 결혼하지 못하고, 그로부터 40년이 지난 뒤 외나무다리에서 만난다."

자신이 쓴 서평을 혼자 볼 거라면 상관없지만, 인터넷에 올린다면, 그게 설사 자기 블로그라고 해도, 줄거리나 주요 내용을 미리 밝혀 독자의 기쁨을 앗아가는 스포일러는 되지 말자.

둘째, 자기주장과 책 인용은 확실히 구별하자.

서평을 쓰다 보면 책의 일부분을 인용할 때가 많다. 그때는 반드시 따옴표를 붙이고, 그 책의 몇 쪽에 그 인용문이 나와 있는지 표시해야 한다. 따옴표를 붙이는 이유는 서평자의 주장과 저자의 주장을 구별하기 위해서고, 페이지를 표시하는 건 서평을 읽다가 "아니, 나도 이 책 읽었는데 어디 그런 말이 있었지?"라며 확인하고픈 독자를 위해서다.

셋째, 모르는 얘기는 쓰지 말자.

서평을 쓸 때 발터 벤야민^{Walter Benjamin}이나 움베르토 에코^{Umberto Eco} 같이 유명한 사람의 말을 인용하면 글이 무척 유식해 보인다. 나 역시 그러고 싶은 욕망을 굉장히 많이 느꼈고, 실제로 그렇게 한 적도 없지 않지만, 결국 포기했다. 서평은 자신이 유식해 보이기 위해 쓰는 게 아니라는 걸 새삼 깨달았기 때문이다. 더군다나 유명인의 말을 맥락 없이 인용하면, 그 말들이 서평에 제대로 녹아들어가지 않고 오히려 역효과가 난다는 점을 꼭 기억하자.

넷째, 지나친 권장을 경계하라.

서평은 다른 사람들이 읽게 만드는 수단이 될 수 있지만, 그 자체가 목적이어서는 안 된다. 다른 독자의 구매를 유도하면 포인트를 주는 인터넷 서점도 있지만, 아무리 그래도 서평에 홍보문구와 같은 문장을 집어넣어서는 안 된다.

예를 들어 '이 책을 안 보면 당신은 헛산 것이다. 올해 최고의 책, 당당한 싱글로 살려면 이 책을 읽어라'와 같은 문장은 읽는 이에게 불쾌감을 줄 수 있다. 해당 책을 안 읽을 수도 있는 법인데, 인생을 헛산 게 된다니 이게 무슨 망발인가. '올해 최고의 책'이란 말 역시, 올해가 가기 전에 책을 그만 읽을 게 아니라면 해서는 안 된다. 이 정도만 주의하면 서평을 어떻게 써도 별 상관이 없다. 다음부터 하는 말은 그저 참고사항일 뿐, 꼭 지켜야 할 불변의 구조는 아니다.

서평쓰기의 예시

일본의 추리작가 히가시노 게이고가 쓴 《다잉 아이》는 주인공이 과거 교통사고를 내 한 여인의 목숨을 앗아갔지만, 그걸 기억하지 못하는 설정으로 시작된다. 형사로부터 그 얘기를 들은 주인공은 잃어버린 기억을 찾기 위해 주변 사람들을 찾아다니다 다음과 같은 사실을 알아차린다.

"모두가 조금씩 거짓말을 하고 있다."

여기까지가 딱 적정한 분량의 떡밥이다. 그러니까 줄거리는 이 정도까지만 말해야 한다. 그러면 나머지 부분은 뭘로 채울까? 주제가 교통사고니만큼 교통사고 경험에 대해서 얘기하면 어떨까. 자기가 냈거나 당한 경험, 혹은 낼 뻔한 경험, 그것도 아니면 TV나 신문에서 본 교통사고 얘기도 좋다.

내 경우엔 경춘가도가 왕복 2차선일 때 트럭을 추월하려다 트럭이 양보해주지 않아서 죽을 뻔한 얘기를 썼다. 맞은편에서 차가 오는데 나랑 나란히 달리던 트럭운전사가 내게 섬뜩한 미소를 던졌던 얘기까지, 이런 얘기를 쓰는 게 바로 서평이다.

물론 위에서 예로 든 서평은 그냥 무난하다는 것이지, 잘 쓴 서평이라고 볼 수는 없다. 서평을 잘 쓰려면 일단 다른 이의 서평을 많이 읽고, 특히 감명 깊은 서평을 흉내 내보는 과정이 필수다. 모든 글이 다 그렇듯 서평에서 시작은 절대적으로 중요하다. 시작만 잘해도 평타는 칠 수 있는데, 알라딘에서 명 서평가로 이름을 날리는 blanca는 톨스토이가 쓴《크로이체르 소나타》의 서평을 다음과 같이 시작한다.

"톨스토이는 덮어놓고 인정해버리고 싶은 작가인데 단편과 중편에서는 매번 어그러진다."

'이중적인 모습', 알라딘 서재, 2011년 3월 20일

톨스토이를 비난하다니, 대체 어떤 이유로? 궁금증이 확 일어난다. 리뷰를 다 읽고 나면 그 의미를 알 수 있다. 톨스토이가 그간 성적 욕망을 감추고 고결한 척 했는데, 이 책에서는 그걸 다 드러냈다는 힐난임. 물론 이런 멋진 시작을 할 수 있으려면 톨스토이의 작품을 웬만큼 읽어야

하고, 작가의 삶마저 꿰뚫고 있어야 한다. 즉 내공이 있어야 한다.

나중에는 이런 서평을 쓰는 걸 목표로 삼되, 지금은 이런 서평에 기죽지 않는 훈련을 해야 한다. 용기를 북돋워주기 위해 《주기자의 사법 활극》(주진우 저)에 대해 내가 쓴 서평의 시작 부분을 옮겨본다.

살아오면서 경찰서에 불려간 적이 딱 두 번 있다. 둘 다 고소와 관련된 일이었는데, 첫 번째는 아파트 회장선거 때였다. 그다지 마음에 들지 않는 후보를 아파트 인터넷 사이트에서 비판한 것까진 좋았지만, 다음과 같은 표현을 쓴 게 문제였다. "경력을 전혀 안 쓰셨던데, 이러시면 당신이 하버드대 총장을 역임한 분인지 전과 17범인지 모르지 않습니까?" 격분한 그분은 모든 아파트 엘리베이터에 대자보를 붙였다. "날더러 전과 17범이라니, 살다 살다 이런 말도 듣네요. 반드시 고소하겠습니다." 정말로 고소장이 날아오자 우린 충격을 받았다. 난 "내가 전과지고 한 것도 아닌데"라며 당당히 조사를 받겠다고 한 반면 아내는 변호사에게 전화를 걸어 조언을 구했고, 산더미 같은 자료를 준비했다. 조사당일, 경찰은 내가 쓴 글의 근거를 조목조목 물었다. 당황해서 어쩔 줄 모르는 나와 달리 아내는 자료뭉치를 뒤져 필요한 자료를 뽑아냈다. "여기 보면 다른 사람들도 그렇게 생각한다는 것을 알 수 있습니다." 결국 난 공익을 위한 글쓰기인 것이 인정돼 '무혐의' 판정을 받을 수 있었는데, 그 통보를 받고 나서 아내에게 깊이 사과했다.

"난 여보가 자료를 계속 출력하기에 쓸데없는 데 시간과 프린터 잉크를 쓴다고 비웃었어. 그 점, 미안해."

《인물과 사상》, 2015년 4월 20일

그 다음 내용으로 변희재 형님이 날 고소했지만, 첫 번째 경험 덕분에 당황하지 않고 잘 대처했다는 이야기가 이어지고, 이후 책 얘기가 본격적으로 나온다. 확실히 고소당한 경험이 있으니 흥미로운 서평을 쓸 수 있는 듯하다.

경험은 서평의 아버지라 해도 과언이 아니다. 하지만 위에서 말했듯 경험이 없다고 해서 서평을 못 쓰는 것은 아니다. 오찬호가 쓴, 요즘 대학의 문제점을 다룬 《진격의 대학교》에 대한 서평이다.

기	집으로 가기 전 술집에 들렀다. 왜? 산낙지가 너무 먹고 싶어서.
승	산낙지를 먹으며 책을 읽는데, 내내 한숨이 나왔다. 구체적인 예 한 가지.
전	영어강의를 의무화하면서 국어국문학과 강의를 영어로 하는 진풍경이 벌어지고 있다는 예.
결	대학 본연의 기능을 포기한 채 기업의 하청업자를 자청하는 대학의 모습이 접시에 올려진 채 꿈틀거리는 산낙지와 비슷해 보였다. 산낙지 한 점을 입에 넣었다. 산낙지가 대학이면, 그걸 잡아먹는 난 기업인 건가? 그런 생각을 하며 먹어도 산낙지는 맛있었다. 젠장.

'대학과 산낙지', 알라딘 서재, 2015년 6월 4일

자화자찬 같지만, 이 서평의 뛰어난 점은 꿈틀거리는 산낙지를 대학에 비유했다는 점이다. 쓰고 나서도 어쩌면 이렇게 멋진 비유를 했을

까 신기할 정도였는데, 이렇게 책을 읽을 때 겪었던 일을 막 던져도 괜찮은 서평이 나올 수 있다. 문제는 재미고, 그걸 어떻게 책과 연결 짓느냐일 뿐, 뭘 쓰느냐는 중요하지 않다. 《독서공감, 사람을 읽다》를 쓴 이유경 작가의 서평집에는 이런 글이 있다.

"나는 책에 대한 글을 쓸 때 줄거리를 요약하지도 않고 형식을 갖추지도 않는다. 작가가 의도한 것과 무관하게 사소한 부분에 꽂히기도 하고, 나의 경험과 비교하기도 한다. 내가 쓴 글은 순전히 나의 감상이고…."

실제로 이유경은 책의 사소한 부분을 가지고 리뷰를 쓰는 걸로 유명하다. 예컨대 로버트 F. 영이 쓴 단편집 《민들레 소녀》에는 자기 책이 망한 것을 아내 탓으로 돌리는 남자가 나온다. 책에는 그 남자가 "(그녀와 결혼한 것이) 감흥을 일으키는 데 장애물이 된다고 여겼다."(250쪽)라는 문장이 나오는데, 이유경의 리뷰는 이 구절에 집중된다.

찌질하다 찌질해. 못났다. 좋은 글을 쓸 수 없는 것에 대해 결혼과 아내 탓을 하다니. 찌질해. 하여간 찌질한 인간들이 남 탓 한다니깐. 아, 근데 찌질로 따지자면 나도 거의 챔피언급이라 뭐 더 이상 말할 게 없다. 누가 누굴 욕해. 내가 찌질한데. 아빠랑 아기가 나오는 프로그램에서 엄태웅이 누나 엄정화한테 영상전화를 걸었다. 조카랑 함께 통화를 하고 나서 전화를 끊기 전, 엄정화가 엄태웅에게 그랬다.
"사랑해."
그런데 엄태웅은 이렇게 답했다.

"알았어."

야 이놈아! 사랑한다는데 '알았어.'가 뭐냐. 하긴, 내 남동생도 내가 사랑해, 라고 하면 '그래.'라고 답하곤 했지. 이놈들. 사랑해, 라고 말했을 때 어떻게 답해야 하는지 모르는 머저리들. 니들보다 소주가 낫다.[13]

짧은 단편으로 이루어진 이 책에서 아내 탓을 하는 저 남자는 먼지 같은 존재에 불과하지만, 그의 찌질함은 이유경 작가에게 영감을 줬고, 그 덕분에 저렇게 재미있는 서평이 만들어졌다. 그러니 다음과 같이 결론짓자. 어떻게 써야 하는지 몰라서 안 쓴다고 생각하지 말자. 막 던지다 보면 한두 개는 반드시 쓸 만한 걸 건진다. 나도 그렇게 서평을 쓰기 시작했고, 결국 《집 나간 책》이란 서평집을 냈다.

13) 맥주가 열리는 나무, 알라딘, 2015년 3월 2일, http://blog.aladin.co.kr/fallen77/7403087#C2425953

댓글시대가 열리다

종이신문 시절에는 하고 싶은 말이 있어도 가족이나 친구들에게 하는
게 고작이었다.

"총리가 돈을 안 받았다니, 그 말을 누가 믿겠어?"

"그러게 말이야."

이렇게 얘기하고 나면 더 이상 할 말이 없었다. 정보라고는 신문에
난 게 전부이니, 무슨 말을 더 하겠는가. 이런 답답함이 인터넷 시대가
열리면서 해소됐다. 일단 기사 밑에 자기 의견을 쓸 수 있게 됐다. 소
위 쌍방향 소통이 가능해진 것이다. 사람들은 기사 밑에 달리는 글을
'댓글'이라고 불렀다. 이제 전혀 모르는 사람과 기사에 대한 의견을
주고받는 건 일상적인 풍경이 됐다.

할 일 없는 사람들만 댓글을 다는 건 아니었다. 기사에 오류가 있을
때 해당 분야의 전문가가 '그건 이렇다'며 지적하는 댓글을 달기도 하

고, 기사에서 다루지 못한 정보를 알려줄 목적으로 댓글을 다는 분들도 있다. 사람들은 댓글을 읽으면서 자기가 생각한 게 맞는지 확인했고, 댓글을 통해서 사건의 진실을 깨닫기도 했다.

또한 댓글은 여론의 향방을 알려주는 바로미터 기능도 한다. 욕하는 댓글이 많다면 당사자는 "아, 내가 잘못했구나." 싶어서 바로 사과를 하고, 격려하는 댓글이 많다면 "버텨도 되겠네." 싶어 상황을 더 지켜보고 반응을 보이는 일이 종종 벌어진다. 2012년 대선에서 국정원이 댓글 공작을 편 것도 댓글이 여론에 미치는 영향력을 잘 알고 있었기 때문이리라.

댓글을 읽다가 "와! 이 댓글 정말 좋은데?"라고 생각한 경험이 있을 것이다. 자기만 보기 아까운 그런 댓글을 위해 포털 사이트에서는 공감 버튼을 만들어 이용자가 좋은 댓글을 추천할 수 있는 장치를 만들었다. 또한 사람들의 공감을 많이 얻은 댓글에 '베스트 댓글'이라는 표시를 붙여 사람들 눈에 잘 띄는 곳에 배치하고 더 많은 사람이 볼 수 있게 했다.

그 결과 많은 이들이 베스트 댓글을 쓰려고 노력한다. 초창기에는 공감 버튼을 누르게 하려고 사람들을 속이기도 했다. "어? 공감 버튼 누르니까 사이버머니가 생기네?"라는 댓글에, 속는 셈치고 한 번씩 공감버튼을 누르는 사람들도 많았다. 어차피 공감 누르는데 돈이 드는 것도 아니니 말이다.

심지어 여성부에 대한 남성들의 혐오를 악용하여 베스트 댓글이 되려는 사람들도 있어서, 남녀문제와 전혀 무관한 기사에 '여성부를 없애자'와 같은 댓글을 다는 네티즌도 한둘이 아니다(물론 이 댓글을 쓰면 언제나 베댓에 올라간다). 여기서 알 수 있는 사실은 인터넷에 댓글을 다는 많은 네티즌이 베댓이 되려고 노력한다는 점이다.

나도 기생충 관련 기사에서 베댓이 돼본 경험이 있는데, 베댓이 되니 기분이 좋긴 좋았다. 하지만 남에게 공감을 구걸하다시피 하면서 베댓이 되는 게 얼마나 구차한 일인가. 베댓을 쓰려면 제대로 쓰자. 그러기 위해서 베댓을 제대로 알아야 한다. 적을 알고 나를 알아야 백전백승이니까.

1초 후에 이해되는 댓글을 쓰라

인터넷의 특성상 댓글 수준은 대부분 말초적이다. 정치인이 돈을 받았다고 하면 '야, 이 나쁜 놈아!'라든지 '국민들만 불쌍하다'라는 댓글이 많이 달린다. 하지만 이런 원초적이고, 읽자마자 바로 이해되는 댓글 말고, 조금 있다가 "아, 그렇구나!" 싶은 댓글을 쓰자. 사람들은 비록 댓글일지라도 뭔가 깨달음을 얻는 것을 좋아해, 그런 댓글에는 아낌없이 공감 버튼을 누른다.

야구선수 추신수는 고교 졸업 후 바로 미국으로 건너갔고, 마이너리그에서 눈물 젖은 빵을 먹은 뒤 꿈에도 그리던 메이저리그 선수가 됐다. 하지만 병역의무를 이행하지 않았다는 점이 그의 발목을 잡았다.

언제 군대에 갈지 모르는 선수에게 큰돈을 지불할 구단은 없었으니까. 추신수의 선택지는 많지 않았다. 첫 번째가 미국국적을 취득하는 것이었다. 미국 시민권이 그리 쉬운 일은 아니지만, 추신수 같은 메이저리거는 마음만 먹으면 얻을 수 있는 것이었다.

하지만 이 경우 수많은 고국팬이 등을 돌릴 우려가 있다. 이회창 씨가 대통령선거에서 거푸 진 이유가 두 아들이 병역의무를 수행하지 않은 것이듯, 우리나라에서 병역은 예민한 문제였다. 군대를 가지 않으려고 미국국적을 선택한 가수 유승준이 우리나라에서 공공의 적 취급을 받고 있는 현실을 보라. 추신수도 같은 처지가 되지 말란 법은 없었다.

남은 방법은 대표선수로 뽑혀서 아시안게임 금메달을 따거나, 올림픽에서 동메달 이상의 성적을 올리는 것이다. 그러나 아쉽게도 추신수는 우리나라가 금메달을 땄던 2008년 베이징올림픽 때 대표선수로 뽑히지 못했고(그가 본격적으로 실력을 발휘한 건 2008년 하반기부터다), 2012년 올림픽 때는 야구를 하는 나라가 얼마 없다 보니 야구가 정식종목으로 채택되지 못했다. 결국 유일한 기회는 2010년 아시안게임이었다.

아시안게임으로 병역면제를 받으려는 선수는 여럿 있었지만, 추신수 선수만큼 굳은 의지를 갖고 경기에 임하는 선수가 있었을까 싶다. 실제로 추신수는 홈런 3개를 비롯해서 다섯 경기에서 5할 7푼의 경이적인 타율을 기록하며 한국이 금메달을 따는 데 결정적으로 기여한다. 한국대표팀이 대만을 꺾고 아시안게임 금메달을 땄다는 기사에 어떤 댓글을 달아야 할까.

일단 생각할 수 있는 것이 '추신수 병역면제 축하'다. 실제로 그런 댓글이 많이 달렸다. 그 다음으로 '추신수 이제 대박계약하겠네' 정도가 떠오른다. 그렇다면 가장 많은 공감을 받은 댓글이 무엇이었을까? 정답은 이것이다.

"추신수 한국인 확정."

이 댓글이 뛰어난 점은 몇 초 후에 웃게 만든다는 것이다. 위에서 말한 것처럼 2012년 올림픽에서는 야구가 정식종목으로 채택되지 않았기에, 2010년 아시안게임에서 금메달을 따지 못했다면, 추신수가 미국국적을 취득할 것이라는 게 중론이었다. 어렵게 메이저리거가 됐고 큰돈을 벌 기회가 눈앞에 있는데, 병역의무를 이행하려고 2년의 공백기를 선택할 사람은 많지 않을 테니까.

하지만 아시안게임에서 금메달을 따서 추신수는 미국국적을 취득할 필요가 없어졌다. 위 댓글은 추신수 선수의 이런 사연을 한 문장으로 표현해냈다. 게다가 '한국인 확정'이라니, '미국국적 필요 없겠네요'보다 훨씬 임팩트하다. 수많은 공감이 달린 건 당연하다.

이와 비슷한 사례를 하나만 더 소개한다. 이완구 전 총리는 검찰조사를 받다 자살한 성완종 경남기업 회장에게서 3천만 원을 받았다는 의혹을 받았다. 이 전 총리는 성회장과 친분관계가 없으며 만난 적도 없다고 우겼지만, 성회장이 쓴 메모가 워낙 구체적이어서 세간의 여론은 돈을 받았을 거라고 믿는 쪽이었다.

실제로 이 전 총리는 성회장과 1년에 200여 차례 전화통화를 했고, 사적으로도 자주 만난 사실이 뒤늦게 밝혀졌는데, 당시 총리였던 이완구 씨는 국회 대정부질의 때 자신의 결백함을 믿어 달라며 "돈 받은 증거가 나오면 제 목숨을 내놓겠다."고 했다. 여기에 어떤 댓글을 달 수 있을까? 내가 눈여겨본 댓글은 이것이다.

"증거가 나오면 목숨을 내놓겠다고 했지, 돈을 받았다고는 하지 않았다."

매우 날카로운 지적이다. 돈을 줬다는 성회장은 이미 고인이 됐으니, 증거를 찾는 게 그리 쉬운 일은 아니잖은가. 하지만 나를 빵 터지게 한 댓글은 다음이다.

"이완구(1950~2015)."

처음 봤을 때는 '이게 뭐지?'라고 하다가 몇 초 후에 의미를 깨닫고 웃게 되는 댓글. 이 전 총리가 돈을 받았다는 얘기를 이보다 더 확실히 하긴 어려울 듯하다. 물론 한 사람의 목숨을 가지고 장난을 치냐고 비판할 수 있지만, 그 동기를 제공한 건 엄연히 이 전 총리였고, 이 정도 개그는 댓글에서 용납되는 수준이다.

촌철살인 단어를 쓰자

많은 공감을 받는 두 번째 방법은 핵심을 찌르는 말을 쓰는 것이다. 촌철살인은 어디서나 호평 받겠지만, 짧은 글로 할 말을 모두 담아야 하는 댓글의 세계에서, 촌철살인이야말로 공감을 많이 받는 지름길이다.

배드민턴 여자선수 중 이효정이라는 선수가 있다. 이 선수는 2008년 베이징올림픽에서 이용대 선수와 짝을 이뤄 혼합복식 종목 금메달을 획득했다. 이용대 선수는 우승이 확정된 후 카메라를 보며 윙크를 했는데, 이 윙크는 잘생긴 이용대 선수의 외모와 어우러져 '살인윙크'라 불렸다. 이효정 선수야 여자니까 병역과는 아무런 상관이 없지만, 이용대 선수는 이번 금메달로 병역면제를 받았다.

그로부터 2년이 지난 2010년, 이효정 선수는 신백철 선수와 짝을 이뤄 광저우 아시안게임에 출선했다. 결과는 또다시 금메달. 이 기사에는 어떤 댓글을 달아야 할까? 이효정이 짝을 바꿔가면서 연거푸 우승한 것을 치하할 수도 있고, 왜 이용대를 버렸냐고 타박할 수도 있다. 하지만 가장 공감을 많이 받은 댓글은 다음이었다.

"병역브로커 이효정."

병역브로커라는 말은 원래 떳떳치 않은 방법으로 군대를 빼주는, 범죄자에 가까운 사람을 뜻하는 말이다. 두 대회에서 연거푸 금메달을 딴 이효정 선수에게 병역브로커라고 한 게 웃음을 유발하는 이유도 거기 있는데, 아무튼 이 병역브로커라는 말은 그간의 행적을 다섯 글자로 정리한 촌철살인이었다.

엄밀히 따지면 이 말에는 원조가 있다. 2008년 베이징올림픽에서 한국야구팀은 일본과 준결승전을 벌이게 됐다. 올림픽은 동메달 이상을 따야지 병역면제가 되니 이 경기를 이긴다면 최소 은메달을 확보하는 셈이지만, 지게 되면 미국과 치르는 3, 4위전에서 무조건 이겨야 하는 부담을 안게 된다. 당시 한국대표팀에는 병역 미필자 열네 명이 함께 포함되어 있었는데, 류현진과 이대호처럼 장차 해외진출을 노리는 선수들에게 이번 올림픽은 더없이 좋은 기회였다.

하지만 경기는 생각만큼 순조롭지 않았다. 7회까지 2대 2로 팽팽한 경기가 이어졌다. 그리고 8회, 그간 부진했던 이승엽 선수는 허구연 해설위원의 "독도를 넘어 대마도까지 넘기는" 2점 홈런을 치며 한국팀의 승리를 이끈다. 이날 올라온 기사에 한 네티즌이 쓴 댓글이 바로 '병역브로커 이승엽'이다. 2000년 시드니 올림픽과 2006년 야구월드컵[WBC] 때도 결정적인 홈런을 쳐 같이 뛰었던 선수들에게 병역면제를 선물한 바 있으니, 이보다 더 멋진 찬사는 없을 것이다.

웃기면 공감한다

공감을 많이 얻는 방법으로 가장 쉬운 것은 웃기는 댓글을 쓰는 것이다. 물론 웃기는 댓글을 쓰는 게 무지하게 어렵긴 하지만 말이다. 2015년 4월, 레슬링 종목에서 국가대표 부부가 탄생했다. 공병민 선수와 이신혜 선수는 선수촌에서 만나 결혼까지 했는데, 둘 다 국가대표라 주말을 제외하면 계속 선수촌에 머물러야 했다. 그래서 다음과 같은 기사가 났다.

'선수촌이 신혼집… 레슬링 국가대표 부부'

여기에 다음과 같은 댓글들이 달렸다. '도둑이 들었다가 잡히면 끝장이겠다', '부부싸움하면 큰일나겠다'. 하지만 공감을 가장 많이 받은 댓글은 '밖에서도 레슬링, 집에서도 레슬링'. 누구나 생각할 수 있는 댓글이라고 할지 모르겠지만, 우리 시조처럼 운율을 맞췄다는 점이 사람들의 웃음을 유발했다.

'리디아 고'라는 골프선수가 있다. 만 15세에 미국 프로골프대회에서 최연소로 우승하는 등 여자골프에서 한동안 세계랭킹 1위를 지킨 골프 천재인데, 어린 나이에 부모님이 뉴질랜드로 이민 가는 바람에 뉴질랜드 국적을 갖고 있다. 이 선수에게 '우리 대학으로 오라'고 러브콜을 보낸 국내 대학이 한두 곳이 아니었지만, 리디아 고가 택한 곳은 고려대였다. 여기에 대해 사람들은 대부분 부정적인 댓글을 달았다. 운동선수, 그것도 국내에 거의 있지도 않을 선수를 입학시키는 게 과연 명문대에 걸맞은 처사냐는 것. 물론 맞는 말이지만, 가장 공감을 많이 받은 댓글은 다음이었다.

"리디아 서었으면 서울대로 갈 수 있었는데 아깝다."

'리디아 고'니까 '고려대'로 갔다는 이 말은 많은 이를 웃게 만들었고, '리디아 백이었으면 102 보충대냐' 식의, 여러 아류를 낳았다. 성을 가지고 장난치는 게 유치하게 느껴질 수도 있지만, 웃길 수만 있다면 베댓이 될 수 있다고 보여준 사례다.

하지만 내가 가장 웃었던 댓글은 존 레스터에 관한 것이었다. 보스턴 레드삭스라는 미국야구팀에서 뛰던 좌완투수 레스터는 자신에게 큰돈을 제시한 시카고 컵스로 팀을 옮겼는데, 기사에는 컵스 단장이 레스터에게 백넘버 34번이 달린 유니폼을 선사하는 사진이 실렸다. 다양한 댓글이 올라왔지만, 가장 공감 높은 댓글은 다음이었다.

"사진에서 왼쪽이 사장같이 생겼지만 왼쪽이 선수입니다."

오른쪽에 있는 컵스 단장은 아직 30대로 젊은데다 얼굴도 잘생겼지만, 레스터는 서른둘의 나이에 걸맞지 않게 머리숱이 없어서 늙어 보인다. 대부분의 입단식 사진과는 정반대라는 점을 지적한 위 댓글에 많은 사람들이 웃었고, 베댓이 됐다.

웃기는 방법 중 하나는 좋은 비유를 하는 것이다. 2015년 미국에 갔다가 실패하고 돌아온 기아 윤석민 선수는 팀 사정상 마무리투수가 됐다. 문제는 그를 데려오려고 기아가 쓴 돈이 자그마치 90억이었다는 사실이다. 선발투수는 많은 이닝을 소화하지만 마무리투수는 기껏해야 1이닝 정도 방어하고 마운드를 내려오는 게 고작이라, 윤석민을 마무리투수로 쓰는 것은 여러모로 사치스럽다는 느낌을 줬다. 여기에 맞는 비유는 '모기 잡자고 대포를 쏘냐' 정도일 텐데, 어느 네티즌이 쓴 댓글은 이보다 더한 감동을 줬다.

"좋은 횟감을 매운탕 끓여버리는 클래스."

멋진 댓글이 다 그렇듯 이 댓글은 수많은 아류작을 낳았다. '1등급 한우, 라면에 넣기' '최고급 러닝머신, 빨래건조대로 쓰기' '아이패드를 냄비 받침대로 쓰기' '유럽 여행가서 방안에만 있기' '고가 등산복 사서 동네 산책하기'. 아류작 중에도 뛰어난 댓글이 보이지만, 대접받는 건 늘 선구자의 몫이다. 그래서 좋은 아이디어가 있다면 일단 먼저 쓰고 보는 게 좋다.

한 가지 알아둬야 할 점은 아는 게 많을수록 멋진 댓글을 쓸 확률이 높아진다는 것이다. 2014년 10월, 미국야구팀 LA 에인절스의 윌슨 선수는 선발로 등판했다가 1회를 못 넘기고 대량실점을 한 뒤 강판한다. 여기에 대해 어떤 분이 이런 댓글을 달았다.

"LA 사는 사람들은 〈캐스트 어웨이〉 못 보겠다."

이게 도대체 무슨 말일까. 톰 행크스가 주연한 〈캐스트 어웨이〉는 무인도에 표류한 이가 살아남기 위해 벌이는 사투를 담고 있다. 혼자서 생활하는 4년 동안 그를 가장 괴롭힌 건 외로움이었다. 그는 화물선에서 떠내려온 배구공에 핏자국을 이용해 사람 얼굴을 그리고 친구로 삼아, '윌슨'이라는 이름을 붙였다. 외로움에 사무친 그는 윌슨과 대화하고 화내고 윌슨을 바다에 던져버리기도 하지만, 이내 정신을 차리고 윌슨을 찾아온 뒤 오열한다. 그 윌슨과 LA 에인절스팀의 투수 윌슨의 이름이 같다는 데 착안해 저런 댓글을 쓴 것이다. 그러니 너무 스마트폰만 하지 말고, 영화도 보고 책도 읽자. 베댓이 되는 그날을 위해서.

어떻게 쓸 것인가

글쓰기는 계속되어야 한다

지난 몇 년간 참 많은 일이 있었다. 내성적인 성격으로 남 앞에 서는 것을 극도로 싫어해 수업시간에도 학생들한테 "눈 좀 맞춰 주세요!"라는 말을 들었던 내가, TV에 나간 것은 획기적인 사건이었다. 사람은 경험을 통해 성장한다고, TV는 나를 많이 변화시켰다. TV 덕분에 어떤 상황에서도 떨지 않게 됐다. 이제 강의할 때도 학생들과 눈을 잘 맞춘다.

TV는 밑바닥에 있던 내 인지도도 끌어올려줬다. 가끔이지만 길을 가다 알아봐주는 분들이 있다. 그럴 때면 내가 유명인이라도 된 것 같아 기분이 참 묘하다. 하지만 TV가 내게 분명하게 가르쳐준 건 '내가 제일 사랑하는 게 바로 글'이라는 점이다.

모 방송에 고정으로 나갈 때, 담당 피디가 이런 말을 했다.

"서민 교수님이 얼마 전에 쓰신 글 말이죠, 그게 국장회의 때 말이 나왔어요. 계속 그렇게 글을 쓰시면 저희가 굉장히 곤란해요. 저희는 서민 교수님과 계속 같이하고 싶거든요."

아무래도 내가 쓰는 글이 권력층을 까는 것들이라 방송국 높은 분들의 심기를 거스른 모양이다. 비슷한 시기 다른 방송국에서도 같은 말을 들었던 터였기에, 어쩔 수 없이 글과 방송 가운데 하나를 택일해야 했다.

방송을 버리는 건 아까운 일이었다. 몇 시간 동안 머리를 굴려가며 쓴 글 한 편의 대가는, 카메라 앞에서 한두 마디 던져서 받는 출연료에 비하면 새발의 피였으니까. 방송 출연료가 꼬박꼬박 들어오는 동안 아내에게 좋은 남편이지만, 얼마 안 되는 돈을 받으며 신문에 칼럼을 쓰는 나는 아내에게 '언제 잡혀갈지 모르는 위험을 자초하는 남편'에 불과했다.

한참을 생각해 내린 결론은, '글을 써야 한다'는 것이었다. 방송은 적성에 맞지 않았고, 솔직히 잘하는 것도 아니었다. 실제로 방송을 하는 동안 행복했던 적이 별로 없었다. 왜 그런지 모르겠지만 카메라 앞에만 서면 스스로가 초라해 보였다. 빨리 방송이 끝나기만을 기다리며 시계를 보던 기억이 지금도 눈에 선하다.

글은 달랐다. 글을 쓰고 있노라면 세상을 다 가진 기분이었다. 더 좋은 건 사람들의 반응을 볼 때였다. '글 잘 쓴다, 통쾌하다' 같은 댓글을 보면 그저 행복했다. 물론 내 글은 권력자를 까는 데 그칠 뿐 사회적으로 유의미한 담론을 만들어내진 못하지만, 그래도 나름대로 용도가 있다는 게 좋았다.

더 결정적인 것은 방송에는 나보다 재능이 뛰어난 분들이 삼태기로 건질 만큼 많지만, 글쓰기에 있어서 난 제법 인정을 받는 편이라는 점이다. 트위터에 올라온 어느 분의 평이다.

"서민 교수의 글은 심각함과 유머가 쑥버무리같이 버무려져 있어서 좋다."

방송을 하는 동안 이런 댓글을 한 번도 받아본 적이 없다는 점에서, 방송보다는 글로 가는 게 더 맞았다.

TV에 나가지 않게 되자 사람들이 묻는다. 왜 TV에 안 나오냐고. 그럴 땐 그냥 빙긋이 웃으며 잘렸다고 대답한다. 그럼 반응이 다양하다. 그 중 가장 압권은 한 택시기사의 말이었다.

"어? TV에서 많이 본 분이네? 혹시 벌레 만지는 직업 아니야?"

"네, 맞아요. 기생충."

"그래, 기생충 한다고 했지. 근데 요즘 왜 안 나와?"

"요즘은 다 잘려서, 그냥 놀고 있어요."

"젊은 사람이 놀면 어떡해? 뭐라도 해야지."

하지만 안면이 있는 사람들에겐 이렇게 말한다.

"내가 말야, 못 나가는 게 아니라 안 나가는 거야. 이 문자 좀 봐봐. 모 방송국에서 한 번만 만나 달라고 애원을 하잖아? 나 아직 안 죽었어."

그러면서 앞으로 글로 승부를 볼 거라고 얘기한다. 사람들의 반응은 신통치 않다. 그들은 내가 '잘려 놓고선 합리화하느라고 그러는 게 아니냐?'는 의혹의 눈초리를 보낸다. 물론 잘려서 안 나오는 것도 맞지만, 내가 글로 승부하기로 한 것도 진실이다. 얼마 전에 왔던 문자를 보자.

"저희랑 하기로 했던 책, 벌써 1년이나 지났잖아요. 그래서 전 교수님이 바쁘신가 보다 했는데, 최근 책이 두 권이나 나왔네요? 안 되겠어요. 앞으로 저도 좀 독촉을 해야겠어요."

그분한테 말했다.

"그게 아니고요. 사실은 제가 거절을 잘 못하는 성격이라 책 계약을 한 두 군데 한 게 아니거든요. 8년 전에 계약한 것도 있어요. 좀 봐주세요."

10년 전 생각이 난다. 원고를 들고 출판사를 찾아다니던 그 춥던 시절. 그 시절에 비하면 책을 내주겠다는 출판사가 여럿 있는 지금은 내 인생의 전성기가 아닐는지. 물론 글에도 유효기간이 있을 테고, 사람들이 내 글에 식상해지는 날도 머지않아 오겠지만, 그때까지는 열심히 글을 써야겠다. 너무 말없이 지낸 기간이 길어서 그런지, 내겐 아직도 하고 싶은 말이 많이 남아 있으니 말이다.

서민적 글쓰기

초판 1쇄 발행 2015년 8월 31일
초판 8쇄 발행 2021년 7월 26일

지은이 | 서민

발행인 | 박재호
편집팀 | 강혜진, 송지영
마케팅팀 | 김용범, 권유정
총무팀 | 김명숙

디자인 | ZINO DESIGN 이승욱
교정 | 한산규
종이 | 세종페이퍼
인쇄 · 제본 | 한영문화사

발행처 | 생각정원
출판신고 | 제25100-2011-000320호
주소 | 서울시 마포구 양화로 156(동교동) LG팰리스 814호
전화 | 02-334-7932 팩스 | 02-334-7933
전자우편 | 3347932@gmail.com

© 서민 2015

ISBN 979-11-85035-29-1 03800

이 도서의 국립중앙도서관 출판예정도서목록(CIP)은 서지정보유통지원시스템 홈페이지
(http://seoji.nl.go.kr)와 국가자료공동목록시스템(http://www.nl.go.kr/kolisnet)에서 이용
하실 수 있습니다.(CIP제어번호: CIP2015023060)